日本文学概論ノート 古典編

原豊二 著
Toyoji HARA

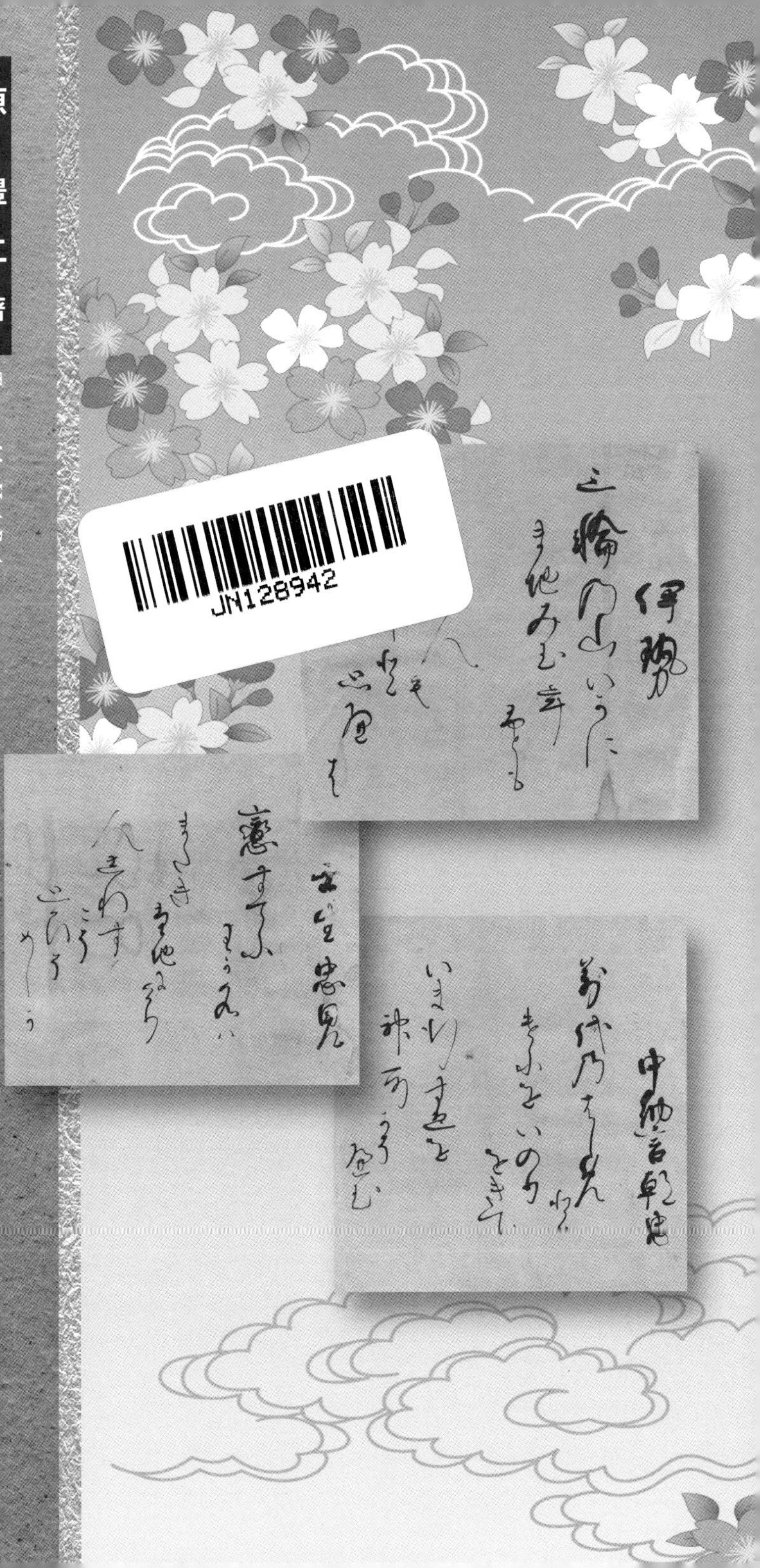

武蔵野書院

目次

はじめに

この冊子は「日本文学概論」「日本文学」『文学』などの大学の授業用の教材として執筆しました。事実、この冊子の内容は私が大学で講義をした内容を基にしています。ですから、一種の教科書として考えていただいて構いません。また、この冊子は講義を受けなくてもそのまま読んでいただくことも可能です。その場合、どこからでもよいので自由な順番で読んでいただいて結構です。なお、本冊子は十五回構成になっています。第1回目を除き、日本文学の形態（第2回～第4回）、日本文学の理念（第5回～第10回）、日本文学の研究（第11回～第13回）、日本文学の課題（第14回～第15回）といったグループに分けられています。

文学というと直接実生活に役立たないもののように考える向きもあります。けれども、そこまで単純なものでもないようです。金銭的な価値とはまた異なる牛きる意味を提示するのが文学なのだとも思います。本冊子はどのように文学作品と向き合うべきなのかといった問いに、しつこいまでにこだわろうと思って書いたものです。身近にある多くの逸話や噂や体験、そのすべてが実は文学なのだと思っています。文学と向き合うことは、実は自らの生活と向き合うことなのだと堅く信じています。そして、私は「言葉」が「世界」を変える可能性があると今なお信じている人間です。

本冊子はひとまず日本の古典文学に限った内容ですが、読者の皆さまにとって、広く文学的営為への積極的な関わりを期待するものでもあります。とは言っても、まずは古典文学を楽しみましょう。その楽しみの中から、人生の重みを感じてもらえるはずです。悲しい時にも嬉しい時にも必ず「言葉」や「歌」や「物語」があります。それでは、文学の素晴らしき迷宮へとご案内したいと思います。

第1回　日本文学の源流と領域

最初の講義では、私たちの日本文学がどのように発生したのか（源流）、また、それはどの範囲までを言うのか（領域）、について考えたいと思います。

一般に日本文学の歴史を考える時に、現存する文学作品の最も古いものから話を進めることが多いと思います。その場合、『万葉集』や『古事記』といった〈書かれた〉テクストがその対象になります。よって、日本文学の源流をこれらの作品に求めるのはある程度妥当性があるというわけです。

けれども、〈書かれた〉テクストだけが文学作品と言うべきなのか、という点には少し疑問を感じます。書かれなかった〈ことば〉にも文学性のあるものは多々あったと推察するのが、むしろ自然な理解なのではないでしょうか。日本文学の歴史を、一度日本の歴史全体という枠組みに乗せてみることにします。つまり、日本人が文字を持っていなかった縄文時代や弥生時代のことを想像するということです。もちろん、この時代、私たちは文字を持っていません。それでも、考古学上の遺跡・遺物から文学という営為の可能性を感じ取ることは可能です。銅鐸や絵画、建造物や武器などなど、彼らの生活の様子が現在では具体的に、そして確実にわかってきています。そうであれば、文学の発生・はじまりという事態は、〈書かれた〉テクストの存在以前まで射程に入れなくてはならないと思うのです。

ところで、日本文学の源流はどこまで説明ができるのでしょうか。人間のあらゆる営為は、全くのゼロから発生することはありません。『万葉集』や『古事記』に至るまでの営みは必ずあったわけですから、〈源流〉というものが存在したことや、それが世代を越えて共有されてきた事実は否定できないはずです。ところが、その源流が一箇所で単発的に発生し、それが拡大し充満していったと考えるのは短絡的かも知れません。文学の営為は、おそらく多元的であったでしょうし、それらの〈源流〉も大変複雑な継承のされ方であったと思われます。〈源流〉はあったが、その様相を具体的に説明するのは現状では困難である、というのが現在の研究者の一般的な理解と考えてよいかも知れません。

〈源流〉に関連して考えていかなければならないのが〈領域〉です。こちらは、〈源流〉なるものが、どこまで広がりを得るかという実態と可能性の問題になります。そもそも、何をもって「日本文学」とするのか、ということです。これを見通さなければ、仮に〈源流〉を認識したとしても、全体の秩序のようなものが把握できなくなります。

結論から言いますと、〈源流〉と同様に〈領域〉という概念も大変曖昧なものになります。曖昧ですが、これもないと困るものです。私たちが何を目標にしているのかが、すっかり隠されてしまうからです。

少し〈領域〉なるものを分析してみましょう。まず、「日本文学」のうち「日本」の部分について考えてみます。この「日本」には日本列島という自然存在ないし政治的領域という面と、文学作品の作者や読者の文化的属性という面の二つが重なります。前者は、地域的な領域を指し、後者は前者を基礎とした人間そのものの営為に関わるものです。自然存在である日本列島ですら、どこまでがその範囲なのか簡単には言い切れません。ましてや、領土の拡大や縮小を重ねてきた日本という国家の領域などは、周辺国との関係もあって、これもまた判然としないことが多いわけです。第二次世界大戦前の台湾や朝鮮半島は「日本」なのでしょうか、あるいは「日本」ではないのでしょうか。

文化的属性という点で見てみると、これは「日本語」で書かれた作品としてひとまず見てよいのかも知れません。一方で「日本人」という主体が書いた作品として見ることもできます。けれども、こうした理解で十分なのでしょうか。同じ英語で書かれた文学作品でも、アメリカ文学とイギリス文学は違います。言語と国家と地域が単一的に説明できない現代の世界では、「日本語」「日本人」という定義にも限界が多々あります。グローバル化によって、一度も日本に来たことのない非日本人が、日本語をマスターして日本の景色を詠んだ俳句を発表することさえ十分にあり得るのです。

こうして見ると〈領域〉について、国境線を引くようにそれを認知することはほぼ不可能なようです。日本文学の〈領域〉は少し曖昧に、やや高い視点から、なんとなく抽象的に考えるしかないようです。区別の難しいところは、濃淡やグラデーション、でこぼこや波のように考えるのがよいようです。

さて、〈領域〉については私たちの認識の問題も多くあります。過去には日本文学の範囲にあるものとして認められていなかったものが、ある時、にわかにその対象として仲間入りすることがあるからです。例えば、浄土真宗の開祖である親鸞の著作などは古くは仏教書として扱われ、文学作品としては認められなかったことがあります。けれども、その後、仏教文学というような定義の下で、日本文学の〈領域〉内に収まったものと言えます。絵巻物（物語や縁起などを絵画化したもの。詞書のあるものとないものがある。）は過去には美術資料でしたが、こうしたものについても今は文学研究者が積極的に関わっています。もともと存在していたものであるのに、その認知の範囲外であったから無視されてきたものが、様々な要因でその対象となっていくわけです。『源氏物語』をモチーフにしたマンガなども今ではその対象の一つになります。結局こうしたことは私たちの認識の問題であるのですが、放任しておけば、認識を変えることによって新たに構成される日本文学の〈領域〉は拡大の一途をたどります。このことについては、ほぼ手放しにこれを認める考え方と、無制限に拡大することに批判的な考え方の両方があると見られます。というよりも、この相反する力学のバランスの中にこうした文芸ジャンル的〈領域〉は成り立っており、今後も変動することが想定され、可塑性の高いものだと考えられます。

もっとも歴史とは必ず進行するものですから、いつの時代にも新たな文学作品は生まれます。『徒然草』が古典として認められるのは、主に江戸時代に入ってからですし、江戸時代の文学作品が研究の対象になったのは、明治維新をだいぶ過ぎてからの話です。そういう意味では、現在では漱石も鷗外も古典文学に入りつつあるわけです。つまり、時間という流れがある以上、日本文学の〈領域〉は広がる方向にあると考えられます。

先に〈領域〉を分析しましたが、どのような意味での〈領域〉も相互に関わりつつ、これもまた複雑な力学の上に成り立っているというわけです。そして、時に〈領域〉は拡大し、時にその整理も行われます。

〈源流〉も曖昧、〈領域〉も振幅するとなると、私たちは何を根拠にして文学作品やその群れを見ていけばよいのでしょうか。それは結局、文学作品を読む側の判断が前面に出るしかなく、その時に求められるのは、各時代・各ジャンルにおける中核的な文学作品を十分に確認しておく、ということに尽きると思います。中核的な文学作品は後代に大きな影響を与えます。大きな文学史上の文脈をどこまで正確に捉えることができるか、という課題につながるというわけです。

もちろん、中核的作品も変わっていくことはあり得ます。また、何が中核なのかという根本問題もないわけではありません。ただ、私たちの文学の〈源流〉を想定するならば、その水脈に本流と支流また傍流と末流はおおよそ見通すことができます。さらに、その水脈の流れゆく先々が、私たちの文学の〈領域〉を定めていくのでしょう。つまり、〈源流〉も〈領域〉も広い視点で見ることが大切で、これは文学か非文学か、といったような個別的な判別はあまり意味のあることではありません。

これから日本文学を学習し、研究する若い方にとって、意義のある方法を私は提供するべきだと思っています。そのために、第1回目の講義はそのグランド・デザインを示すことが必要だと判断しました。いくらか理屈臭い話でしたが、これから向き合う日本文学、特に古典文学作品全体を一時的であれ、まずは極限まで大きく捉えることも必要だと思うのです。

第2回　日本文学の形態

1 韻文

第2回目から第4回目では、日本文学を形態的に区分することによって、文学の諸相を理解することにします。第2回目では、韻文を扱います。

日本文学の古典において、韻文とするべき主なジャンルとして和歌・連歌・俳諧・狂歌・川柳・漢詩などが挙げられます。韻文は、小説などの散文と対比的に説明されることが多いのですが、その見方にはいくらか違和感を覚えます。韻文の定義を「形式的な規律（＝韻律性）を持つもの」とした場合、今度はそうでないものが散文となるのでしょうが、具体的に創作される韻文や散文は、そこまで明確な区分けができません。

定義の話はそれとして、散文の代表たる和歌について考えてみたいと思います。ここでは『古今和歌集』の仮名序の冒頭部分を見ることにしましょう。

やまと歌は、人の心を種として、よろづの言の葉とぞなれりける。世の中にある人、事・業しげきものなれば、心に思ふことを、見るもの聞くものにつけて、言ひいだせるなり。花に鳴くうぐひす、水に住むかはづの声を聞けば、生きとし生けるもの、いづれか歌をよまざりける。力をも入れずして、天地を動かし、目に見えぬ鬼神をもあはれと思はせ、男女のなかをもやはらげ、猛きもののふの心をもなぐさむるは、歌なり。

「やまと歌」つまり和歌の本質についてまず冒頭で説明しています。「人の心」がもとになり、「言の葉」となるのだというのです。簡素ではあるものの、現代においても説得力のある文学論の一つとして十分受け入れられるものだと思います。このように、文学作品はおよそ人間の精神世界の反映であることに間違いはありません。

さて、途中に「生きとし生けるもの、いづれか歌を詠まざりける」とあります。生きているものはすべて、詠歌するのだと強調しているように思われます。つまり、「生きとし生けるもの」の中には、人間以外の動物や植物も入るようなのです。仮名序を記した紀貫之も、動物たちまでもが歌を詠むと本気で思っているのでしょうか。直前に鶯や蛙の出てくることから、文脈上の勢いの可能性もあります。けれども、動物たちが擬人化されるということの叙述こそが、全く文学的なのではないでしょうか。生きている存在という枠組みで考えれば、人間も動物も植物も元来区別はないはずです。

次に仮名序が言っていることは、和歌の効力のことです。筋力（暴力）なくして、天地（世界）を動かす、また「鬼神」に「哀れ」という感情を与えるというのです。夢のような話ですが、私たちにとって大変重要なことを語っているように思えます。つまり、「言葉の力でこの世界は変えることができる」と言っているわけです。ついで、男女の仲をよくし、「もののふ（武士）」の心まで慰める、というのです。私たちの世界では時に悲惨な戦禍やテロの悲劇を目のあたりにします。けれども「和歌」というのはそうしたものと対比的に語られるものなのです。これは下級官人たる貫之の独自の誇張なのでしょうか。

『古今和歌集』というのは、勅撰和歌集として最初に編纂されたものであり、今でこそ古典文学の中の聖典（カノンともいいます）などと言われますが、それが作られた時は、さほど朝廷としても力が入っていなかったことが窺い知れます。四人の撰者たちの身分がそれをよく示していると思います。私などは、官位の低い貫之が、他の様々な力（軍事力・政治力・経済力）などになんとか対抗して、「言葉の力」に我が人生を賭けているのではないかと思ってしまうくらいです。それが漢詩ではなく、和歌であることにさらに大きな意味を見出せそうです。政治的・社会的な制度の中で浸透していった漢詩と異なって、和歌は世界のあり方や成り立ちにも関わる強さがあると言わんばかりです。

仮名序は続いて和歌の歴史を語ります。

この歌、天地の開け始まりける時より、いできにけり。（天の浮橋の下にて、女神男神となりたまへることを言へる歌なり。）しかあれども、世に伝はることは、久方の天にしては下照姫に始まり、（下照姫とは、大わかみこの妻なり。兄の神のかたち、丘谷にうつりて輝くをよめるえびす歌なるべし。これらは、文字の数も定まらず、歌のやうにもあらぬことどもなり。）あらがねの地にしては、すさのをの命よりぞおこりける。ちはやぶる神世には、歌の文字も定まらず、すなほにして、言の心わきがたかりけらし。人の世となりて、すさのをの命よりぞ、三十文字あまり一文字はよみける。（すさのをの命は、天照大神のこのかみなり。女と住みたまはむとて、出雲の国に宮造りしたまふ時に、そのところに八色の雲の立つを見て、よみたまへるなり。八雲立つ出雲八重垣妻ごめに八重垣作るその八重垣を。）かくてぞ、花をめで、鳥をうらやみ、霞をあはれび、露をかなしぶ心・言葉多く、様々になりにける。遠き所もいでたつ足もとより始まりて、年月をわたり、高き山も麓の塵ひぢよりなりて、天雲たなびくまで生ひのぼれるごとくに、この歌も、かくのごとくなるべし。

なんとも神話的な表現と論法です。和歌は「天地の開闢」から存在したと書かれています。この世の始まりから、和歌というものはあったんだと。一見、無茶な説明のように思われますが、『古事記』や『日本書紀』と併せて考えてみることで、それなりの合理性が意図されているのもわかります。

「神世」の時代から歌はあったが、それは「歌のようではなかった」とも言います。なんだか文学の源流のような話になってきますが、いつの時代でも源流を追い求めていることに実は気付かされます。興味深いのは、「歌ではないような歌」がその源流に比定されているところです。誰も見たことのない和歌の源流をうまく説明できなかったのは仕方のないことだったのでしょう。それで、「和歌発達史観」とでも言うべき論理を打ち立てた、と考えるのが妥当ではないでしょうか。「高き山」も「麓の塵ひぢ」から成るという表現もそうした発達史観が垣間見られます。ともあれ、素戔嗚尊によって三十一文字の和歌は形態的には完成することになったとここでは書かれています。混沌とした源流はやがて秩序を作り上げた、というところでしょうか。けれども、この素戔嗚尊の和歌、何を言っているのか実のところよくわかりません。歌の技巧としても、「八重垣」が三度出ているあたり、現代の感覚ではひどいものです。零点に近い和歌です。これも発達史観によるものだと思います。現存する最古の和歌というのは、やはり未熟でなくてはなりません。これから詠まれ・記される『古今和歌集』の和歌の群れは、こんなものではない。だから、始まりはむしろ未発達な方がいいわけです。

『古今和歌集』の仮名序は様々な観点から和歌を語ります。文学論の先駆けとしては、やはり素晴らしいものに思います。この時代以降の和歌の歴史的発展は語るにあまりあるものです。和歌なくしては、日本文学を語ることはできません。私はこの和歌が、むしろ散文の方を作り上げる契機になったと考えています。韻文と散文は、対立しあう関係のように思いがちですが、『伊勢物語』や『源氏物語』に多くの和歌が記されていることなどを考えると、そんなに単純なものではないようです。そもそも、韻文とか散文とかいう分け方自体が、外来のものであって、本来の日本の古典文学を説明するものとしては不十分なのかも知れません。

どうやら文学の形態とその中身はいくらか異なるようで、五七五七七という韻律を持つ和歌は、江戸時代の狂歌の五七五七七という韻律と一致します。俳句と川柳の関係もともに五七五ですから同じことです。全く同じ形態を有しているのに、ジャンル意識がまるで違うのは、そこに表される中身の問題であるようです。川柳の方が俳句よりも、より卑俗であり、より風刺的であるといったところがジャンル意識と関わるのです。

逆に言えば、形態が異なったとしても、『古今和歌集』の世界と『源氏物語』の世界はともに平安時代の貴族文学として共通した理念や情感を保持しているように思います。結局私たちは文学の形態的区分けを、便宜的に使っていることになるのかも知れません。もちろん、それが間違っているというわけではありません。和歌の歴史的な展開、連歌から俳諧への展開などを見れば、同一形態内での発展は大変よく理解できるからです。日本文学の特徴として、ジャンルの生成から発展、そして衰退という流れを進むことが多いと言われます。例えば、現在狂歌は愛好者がほぼいません。時代を生き抜くことができなかったというわけですが、和歌の中でも長歌を詠む人は今は見られません。なお、日本漢詩文の伝統は時代を通じて引き継がれています。明治の文豪・夏目漱石でさえ多くの漢詩を残しているのです。

「韻文」とは何なのかという疑問については、やはり問い続けられるもののようです。ヨーロッパにおいて、韻文は叙情詩・叙事詩・劇詩などと分類されてきました。こうしたパラダイムを直に日本の古典文学に適合してよいものなのか。たとえそうするのであったとしても、十分な吟味と手続きが求められるように思うのです。

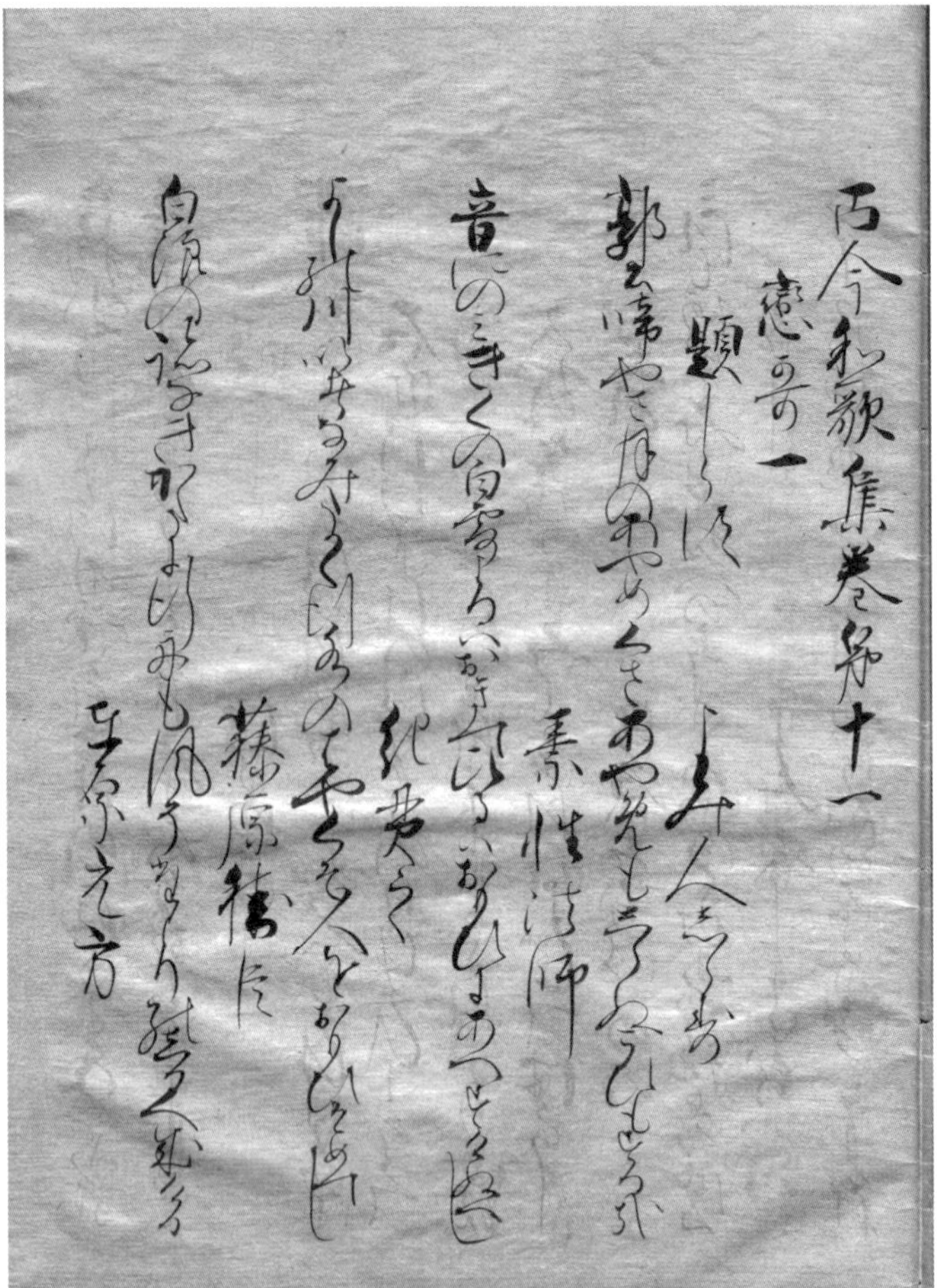

古今和歌集（巻十一・恋一）　江戸時代前期写

一首目の「あやめも知らぬ恋」とはどのような恋のことでしょうか？

第3回　日本文学の形態　2 散文

韻文と散文の明確な区分けは困難であるということを、ここまで説明してきたつもりです。けれども、二項対立的な見方を超えて考えてみると、散文という概念にも新たな可能性があるのではないかと思うのです。『古今和歌集』の仮名序の作者は紀貫之ですが、彼は『土佐日記』も書いています。『土佐日記』は有名な作品で、高等学校の教科書にも掲載されています。この作品をただの紀行文と見ずに、その成り立ちなどを考えてみたいと思います。

実はこの作品は仮名で書かれた散文作品としては最も古い部類に当たるのです。ですから、これを書くときに文体といった問題が生じるのは当然で、そのことについて日常の会話をそのまま文字化したのだという単純論は特に避けたいと考えます。どのように仮名散文の型を作るか、貫之たちの苦闘が始まったことでしょう。前回紹介した仮名序もこれは散文と言えましょう。ただし、仮名序の散文があくまで和歌集の内部に位置するのに対して、『土佐日記』は独立した散文文学と言ってよいでしょう。散文自体が独立するということは、この時代の散文に多く含まれる和歌との関係が変化することでもあります。つまり、和歌集に散文が加わるのではなく、散文に和歌が組み込まれるという新たな事態が生じたわけです。

さて、『土佐日記』という作品は他の平安時代の文学作品と異なり、唯一、作者紀貫之に結びつく回路を書誌学的に持っています。『土佐日記』の紀貫之自筆本はどうやら室町時代頃まで存在したらしく、後代の人が全く同じようにそれを写したわけです。その一本が現存し、為家本と呼ばれています。さらにその転写本を青谿書屋《せいけいしょおく》本といいます。影印本の刊行されている青谿書屋本を見てみると、少し不思議な現象を見ることができます。

三〇丁裏

廿九日ふねいたしてゆくうら〳〵と
てりてこきゆくつめのいとなかくなりに
たるをみてひをかそふれはけふは
子日なりけれはきらすむつきなれ
は京のねのひのことといひいて丶こまつ
もかなといへとうみなかなれはかた
しかしあるをんなのかきていた
せるうたおほつかなけふはねのひか
あまならはうみまつをたにひかま

三一丁表

しものをとそいへるうみにて子日
のうたにてはいか丶あらむまたある
ひとのよめるうたけふなれとわかなも
つますかすかの丶わかこきわたる
うらになけれはかくいひつ丶こき
ゆくおもしろきところにふねを
よせてこ丶やいつこと丶ひけれは
とさのとまりといひけりむかし
とさといひけるところにすみける

（東海大学蔵　桃園文庫影印叢書　第九巻　土佐日記・紫式部日記）

興味深いことに和歌の部分とその他の部分が視覚的にはすぐに判別できません。（和歌は二首あります。頑張って探し出してみてください。）和歌の前後ないしは和歌の始まりの部分は、改行があった方がわかりやすいように思われます。このように初期の散文作品において、和歌を取り込んだ時にちょっとしたぎこちなさを感じてしまいます。もっとも鎌倉時代以降の散文の写本では、和歌の冒頭は改行されるのが普通になりました。おそらく、貫之の時代はいろいろな意味で文章表現法ないしは書写法の確立期だったようです。貫之は和歌を散文にパッキングするにあたって、「うた～とぞいへる」とか「うた～かくいひつつ」などの詞を用いたのでしょう。

『土佐日記』は現代の私たちが考えている散文というものに合致するのでしょうか。『土佐日記』の散文は、むしろ韻文（和歌）を語るため、表現するための一種の装置のようにすら思えてしまうのです。その意味では和歌集の詞書詞書にも似るものなのかも知れません。『伊勢物語』などの歌物語はさらにその傾向が強いようです。

先ほどのパッキングの方法、つまり改行なしの和歌表記の問題ですが、これは様々な現象を誘因したはずです。というのは、平安時代の散文作品の中で同時代に書写された現物は全く残っていません。唯一その原型を知れるのは『土佐日記』だけなのです。貫之自筆『土佐日記』の臨書本を根拠にすれば、『伊勢物語』や『源氏物語』でさえ和歌の部分は当初は改行されなかった可能性があるのです。

『源氏物語』の宮内庁書陵部本の末摘花巻冒頭は、ちょうど五七五七七で始まっています。

おもへどもなほあかざりし夕顔の露にをくれし程の心地を、とし月ふれどおぼしわすれず、

もしかすると、末摘花巻の冒頭は和歌で始まり、それが散文の中に埋もれたということはないでしょうか。日本古代の仮名散文の生成についておおまかに言えば、和歌によって成り立ち得たという面が大きく、そのことはむしろ散文と呼ばれる作品群に顕著に見られるということなのでしょう。

さて、古代日本散文の特徴はそれとして、現在、古典文学の中で散文と呼ばれるものをいくらか分析していきましょう。小説ないしノベルは、近代文学的な表現ですが、古典文学作品の考察にも援用が可能でしょう。つまり、物語文学（『源氏物語』などをいう。）や説話文学（『今昔物語集』などをいう。）などを大きく捉え、その総体を小説として考えるというわけです。こうした小説的なもののうち、説話は類型的かつ叙事的であり、物語は創作的かつ叙情的なものと大別できるでしょう。さらに、近世期の小説は、物語に多かった和歌が除かれ、散文化が徹底されるという特徴があります。

『古事記』や『風土記』に見られる散文は、神話・伝説の範疇となりますが、それらは断片的なものが多く、その全体は統一的に把握されていないわけです。よって、上代文学（奈良時代の文学）の散文は、神話・伝説であるにしても、形態的には説話に属すると考えた方がよいと思われます。ですから、小説らしきものの始まりは、説話にあり、それが物語に昇華するといった流れが理解できます。

このような観点からすれば、物語文学の嚆矢はやはり『竹取物語』であると言ってよいでしょう。『落窪物語』や『うつほ物語』があり、やがて『源氏物語』の出現を見ます。『源氏物語』の特徴はいろいろとありますが、写実性と現実性を保ちつつも、浪漫性や叙情性に彩られている点は特筆するべきでしょう。天皇四代の壮大なスケールを持ちつつ、登場人物たちの喜びや苦悩を描き、それが違和感を覚えることなく調和しているわけです。直後の『狭衣物語』や『浜松中納言物語』『夜の寝覚』などに大きな影響を与えたのは言うまでもありませんが、広く日本文学全体への持続的な刺激となった点も見逃せません。

中世においては、『平家物語』や『太平記』などの戦乱を主な題材として取り扱った軍記物語の広まり、また説話文学の流行もあり、状況は複雑になります。その要因の一つとして、文字を使う人たちの増加があったに違いありません。幅広い階層が文字を用いるのですから、残される作品は自ずと多様になります。世俗的な「御伽草子《おとぎぞうし》（室町時代に創作された短編物語）」が読者を広げる一方で、平安時代の文学作品の研究が進んだのもこの時期でした。

近世になると、商業出版とも関連して、仮名草子《かなぞうし》（江戸時代初期）・浮世草子《うきよぞうし》（井原西鶴以降）・読本《よみほん》（江戸時代後期の伝奇小説）・草双紙《くさぞうし》（絵入りの娯楽本）などと呼ばれた小説群が登場しました。爆発的に作品数は多くなりますが、それらを近世小説と呼ぶのは、これらが現代の小説に似ているからにほかなりません。また、この時期の散文は出版文化が根底にあり、作者と読者の駆け引きの中で作品が生み出されたところに特徴があります。井原西鶴や上田秋成もそうした人物の一人であったのでしょう。けれども、こうした特徴は読者のニーズに依拠することが多かったので、必ずしも芸術的な価値に重きを置けなかった場合もあります。この時期の散文はすなわち売れることが重要であったのです。

さて、日本の散文をその作品の分量から区別してみましょう。現代の小説と同じように、それは短編・中編・長編という区分けでよいと思います。『源氏物語』や『平家物語』のような長編の場合、全体の統一性を保ちつつ、時間的な展開も長くなり、その構成もだいぶ複雑になるわけです。それに対して、短編の場合、ある一面に集中した描き方をするということになります。『伊勢物語』の各章段などは、やはり構成の集中度は高いのではないでしょうか。短期集中の物語がそこにはあるわけです。なお、中編の場合はどちらかと言えば、長編に近似するとしてよいと思います。ただし、長編といっても、短編を集成したような作品も多くあって、こうした区分けには限界もあると考えられます。

古典文学の散文について、特に物語文学などでは、作品の中に和歌を多く含みます。このことは前述しましたが、和歌を取り込むことでより叙情性が高まるのだと考えられます。もっとも『平家物語』などは、叙事的な基調であるとしてよいのですが、それでもなお叙情性も多く見受けられるのは、日本の古典散文の特徴なのかも知れません。

コラム❶七絃琴のこと　源氏物語を起点として

『源氏物語』に表される絃楽器は全部で四種類ある。それぞれ、琵琶《びわ》、琴《きん》、箏《そう》、和琴《わごん》と呼ばれるものである。このうち、琴は「七絃琴」とも言い、主人公の光源氏や末摘花、また女三宮が演奏している。奏者がいずれも皇統につながる人物という点で特に注目されている。

さて、この楽器はよく十三絃の箏に間違えられるのであるが、実はそれとはかなり異なったものである。特に箏や和琴と違って、絃を支える琴柱《ことじ》がなく、一本の絃でも左手を使って多くの音階を出すことが可能である。

漢民族発祥のこの楽器は遣唐使等によって日本にもたらされたようだが、古代の日本ではほとんど定着することはなかった。演奏の事例もかなり限られている。一般に、『源氏物語』が描かれた時代においては、演奏自体が廃絶したか、あるいはかなり細々と命脈をつないでいたかといったところで、現実世界では決して身近な楽器とは言えなかったようである。

けれども、七絃琴は文学世界、特に物語文学ではよく登場する。特に平安時代の『うつほ物語』や『源氏物語』『松浦宮物語』においては顕著である。こうした物語の作者の多くは漢籍によく通じていたであろうから、この楽器の中国での重要さは特に認知していたはずである。彼らの好んだ唐代の詩人・白居易の作品に度々この楽器が登場し、中華楽器の中心的存在として揚言されている。それにしても、どういうわけで日本では現実に失われたはずのこの楽器が、物語文学に限って命脈を長く保ったのであろうか。単に物語作者の漢籍好きに原因があるとしていいのだろうか。

このことに関する答えはまだ考察中であるが、和歌文学などにこの楽器がほぼ表現されないことを思うと、物語という〈ジャンル〉に、七絃琴がよく適合したというように考えるのが自然であろう。一般に日本の古典文学は、ある〈ジャンル〉が生成し、それが潰えて、また新たな〈ジャンル〉が生成していくというプロセスをたどることが多い。結果、物語文学というジャンルがほぼ衰滅する時期になると、この七絃琴も忘れられてしまったというわけである。後代になって『源氏物語』は絵画化され、この七絃琴もよく描かれるが、その形状や演奏方法が正確に描かれていないのは、それがためでもある。

どうやら七絃琴とは、物語という〈ジャンル〉によって生かされたということであるが、もう一つ、この〈ジャンル〉が他の文学ジャンルに比べて、より東アジア全体を見渡す外交的な視点を保っていた点に注目しておきたい。『うつほ物語』の重要な登場人物である俊蔭は遣唐使の一員であったし、『松浦宮物語』の主人公もそうである。『浜松中納言物語』では中国そのものが描かれ、『竹取物語』ではアジアの舶来品がかぐや姫によって求められ、『源氏物語』では高麗人（渤海国の使者）が登場する。こうしたことに注目すると、この七絃琴も東アジア世界に通じる一つのアイテムとして認知されていたように考えられるのである。

第4回　日本文学の形態　3 その他

古典文学の形態について引き続き考えていきましょう。というのは、形態的側面において、韻文とか散文では説明しづらいものもあるからです。

まずは日記文学、これは確かに散文の枠におおよそ入ると言えましょうが、そもそも「日記」がなぜ文学たりうるのか、明解な答えはありません。日記というのは一種の記録ですので、こうしたものが文学作品であるとする考えは世界的にも決して多くないように思えます。

もともと日記文学の起源としては、貴族達が暦に書きつけた記録（「具注暦《ぐちゅうれき》」という）が考えられています。これは藤原道長の日記『御堂関白記』等、多く残されており、特に歴史研究の資料として重要なものです。また、『万葉集』の巻十七以下にある大友家持の「歌日誌」などにその祖型を見る見方もあります。ただ、これらが明確に「日記文学」であるかは、はっきりとは言えないわけです。

『土佐日記』は「日記文学」として初めて認められた作品と言えましょう。『土佐日記』の大きな特徴として、これが旅中の出来事を描いた紀行文学でもあるということがあります。そのため、後に続く作品に日記文学と紀行文学の双方を兼ね備えたものが多くなりました。中世の『海道記』『東関紀行』『十六夜日記』などがそうした性質を備えています。こうした傾向は近世期になっても引き継がれ、芭蕉の『奥の細道』などにも展開していきます。芭蕉以降も近世日記・紀行文学が多く書かれた事実も確認しておきましょう。現代でも多くの人々が、旅に文学や人生を重ねるのは、こうした歴史的文脈があるように思います。

ところが、必ずしも日記文学は紀行文学とは限りません。例えば、『紫式部日記』には旅は描かれず、基本的には宮廷生活の記録となっています。『蜻蛉日記』や『和泉式部日記』などは、作者の体験を基にした物語のようにも感じられます。『和泉式部日記』が特に『和泉式部物語』と呼ばれていたことにも注目したいと思います。逆に『伊勢物語』の異称に『在中将日記』などのあることも、日記文学の中に物語文学の要素があることを示唆しているわけです。加えて、本来私家集である『建礼門院右京大夫集』も日記文学的な扱いを受けることがあります。ですから、日記文学と私家集の境界も曖昧なものと言えます。

結局、日本独自に発展した日記文学ですが、これが何ものなのかを定めることは難しいと言えましょう。近しいものに、随筆文学があります。よく『枕草子』と『方丈記』と『徒然草』を三大随筆などと言うことがあります。随筆というジャンルの特徴として、形態的な側面からそれを認めることが難しいということがあります。はっきりと形態的な姿を持つ和歌や俳句、また内容面において類型的な神話や説話とは全く違うように思われるのです。随筆は形態というよりもむしろ作者の執筆態度や執筆意識によって分類が可能なようです。そういう観点で言えば、随筆は主観的かつ個性的であり、気の向くままに体験や見聞、感想や考察を書き留めたものということになるのでしょう。

『枕草子』も独特なスタイルを持っていますが、これはどちらかと言えば趣味的であり、自然と人間の描写に優れています。その感性は先鋭と言ってよいのですが、知性についてはややとってつけた感もあります。『徒然草』は思索的な傾向が強く、仏教思想の影響が大きいように思えます。一方で、教訓性の多い点や独自の風流を旨とした文化的エッセンスは、『枕草子』にはあまり見られないところです。なお、『徒然草』の言説に多くの内部矛盾が指摘されているのも、これがやはり「随筆」であるからにほかなりません。

劇文学の特徴は、その表現が紙の上では収まらないことです。人間の発する声、楽器の奏でる音、身体所作、衣装、舞台等、「身体」と「場」がそこには求められます。ですから、劇文学の受容については必ずしも文字を知っている必要はなく、無文字の世界に生きる人々も受容が可能になります。そういった意味では、今まで挙げてきた形態とは全く違った様相を呈しているとも言えます。もっとも文字そのものと全く無縁かと言えば、そういうことではないと思います。特に劇文学の創作の現場では、多くの文学作品が参考にされているわけですし、劇文学作品の記録と継承という点からも文字の使用は必須なわけです。ですから、最終的な発露のあり方が無文字的であるということになりましょう。

能や狂言、人形浄瑠璃や歌舞伎はまさに劇文学と言うことができます。そして、これらの芸能には声があり、言葉があります。一方、雅楽の舞には言葉はありませんが、そこにストーリーを読み解くことは可能です。各芸能の相違や特徴については様々な説明がありますが、これらの芸能が現在まで伝わって来ているという点は特に注視したいと思います。書物の中で完結する文字のみによる文学作品と違って、これらは生き続けることによってしか文学作品として具現化されないのです。このあたりは劇文学のダイナミズムを強く感じさせるところでもあります。

批評文学は、文学作品を批評するという立場の一種の文学的営為です。古典では特に『無名草子』の存在が注目されるでしょう。『無名草子』には多くの物語批評があり、特に『源氏物語』の批評については興味深いものです。光源氏よりも薫を評価する姿勢などに時代の特徴を見ることもできます。和歌の学問、すなわち歌学というのも批評文学の一つになりましょう。平安末期に藤原俊成・定家親子によって進展した歌学は、より理念的な「学び」として和歌に対する接し方を一段高めたと言えるでしょう。『源氏物語』の注釈書なども、近年では批評文学のうちに入れることになってきました。というのは、これらの注釈者が主体的にその時代の学問の体系を示しているからです。江戸時代になると、国学が勃興します。本居宣長の「もののあはれ」論などは大変興味深いのですが、これについては後述することにします。

レッスン❶

あなたの知っている古典文学作品の題名を韻文と散文とに分けてこの枠内に記入してください。

韻文	
散文	

第5回　日本文学の理念

1　ますらをぶり、たわやめぶり

日本文学概論の講義では、日本文学の理念というものを特に重視します。ですから、これから六回に渡って、この理念について考えます。日本文学史というのが、主に文学作品を時間軸に基づいて通時的に説明するものと考えられているのと違って、文学概論の方は、わりと自由に時間や空間を超えるというわけです。もちろん、時間軸というのを全く無視するという意味ではありません。けれども、理念という少し抽象的な思考の営みは、時間や空間を超えることができるわけです。人間の存在のあり様自体が、基本的には何百年経ってもそれほど変容しないことを踏まえれば、これは十分に納得できることではないでしょうか。

ますらをぶり

「ますらをぶり」は主に『万葉集』を評しての理念です。これは賀茂真淵によって理念化されたものですが、意味合いとしては「たけく直き心」ということであり、現代風に言えば力強さや素直さのことを言います。このことは『万葉集』に限らず、上代文学全般の特徴として考えてもよいでしょう。それは、上代文学が日本文学の始発であることと関係があるに違いありません。もし文学表現というものを発展的に捉えることが可能であれば、「ますらをぶり」は発展段階の初期ということ、それ自体に含まれる要素とも言えます。簡単に言えば、技巧的な、また思索的な表現の完成以前の段階において、力強さや素直さが自然に露呈したというわけです。もっとも、すべての文学現象を発展段階論として捉えることには慎重であるべきです。けれども、「ますらをぶり」という理念が一定程度、『万葉集』を中心とした上代文学を理解するのに機能してきたことを踏まえると、理念と具体的作品との無理のない重なりは認めるべきだと思うです。

たわやめぶり（たおやめぶり）

「たわやめぶり」も賀茂真淵によるものです。これは『万葉集』の「ますらをぶり」と対比される理念であり、主に『古今和歌集』の歌風への評となります。『万葉集』と『古今和歌集』の両歌集は、主に江戸時代から近代、現在まで長らく対比的に扱われました。ですから、その対比性にあわせて理念も作られていくわけです。「たわやめぶり」は柔和で繊細を旨として、歌論的思考や漢詩的発想とを含みこむものと言えるでしょう。最も柔和・繊細については『万葉集』の末期において既に見られるもので、むしろそれを継承したと言った方がいいのかも知れません。ですので、あまりに二項対立的な枠組みで見てはいけないのですが、あえて具体例を挙げていくと、次の和歌が相当するのだと思います。

いはばしる垂水《たるみ》の上の早蕨《さわらび》の萌え出づる春になりにけるかな（『万葉集』巻八・巻頭歌・志貴皇子）

年のうちに春は来にけり一年を去年《こぞ》とはいはむ今年とはいはむ（『古今和歌集』巻一・巻頭歌・在原元方）

ともに春を詠んだ歌にもかかわらず、全く趣が異なるようです。『万葉集』のこの歌が、早蕨が萌え出て、春になったのだということを、その思いそのままに詠んでいます。対して、『古今和歌集』の方は、閏月の影響で元旦よりもはやく十二月のうちに立春が来たら、今日までの一年をその時点で（立春後、元旦までの間）「去年」と言うか「今年」と言うか、といった内容です。この歌は、あくまで暦そのものについて詠んでいるというわけです。あの著名な『古今和歌集』の冒頭の歌にしてはつまらないものだと思うかも知れません。事実、正岡子規たち近代の文学者は『古今和歌集』批判にこの歌をよく使いました。

確かに『万葉集』の方が実際の春について詠んでいて、その点では文学的なのかも知れません。しかも、それを思いのまま直接的に表現する姿勢は、現在の私たちの文学観とも重なるものでもありましょう。けれども、巻頭歌ということだけで言えば、これは『古今和歌集』の方が部立の意識や時間の序列が秩序立っているところから来る現象であって、「年のうちに」の歌は春の歌の中でも最も時間的に早い段階のものを配置しているに過ぎません。それがために、最も早い春である「年内立春」がここに来るのです。また、この歌自体についてもあまり否定的に見るのはどうでしょうか。間接的に春を認知することによって、かえって春のイメージを広げているのだとも言えます。この歌の知性的な面が感じられます。

『古今和歌集』に少し肩入れしましたが、「たわやめぶり」にはやはり「ますらをぶり」とは異なる趣が垣間見られると思います。そして、この両理念はこの二つの和歌集とともに使われるものなのです。ただし、どちらが素晴らしいのかというような対立的な見方を超えて、この理念とお付き合いして欲しいと思います。

さて、歌風というのはその後延々と変化を繰り返します。平安時代末期・鎌倉時代初期には「新古今調」と後に呼ばれる歌風が発生します。よって、本来は「ますらをぶり」も「たわやめぶり」ももっと相対化されるべきなのでしょう。むしろ、これらの理念は上代文学から中古文学へと向かう時代の境目として活用できそうです。特に仮名の発明による文字表現の変容や、平安京を基盤とした貴族社会全体の成熟・洗練・安定・秩序化などとも関連して説明ができると思います。

あはれ

本居宣長は『源氏物語』の色調を「もののあはれ」と評しました。それは、基本的には現在まで引き継がれていると思います。宣長の言う「もののあはれ」は読者という存在が特に強調されているようで、公家に独占されていた「源氏文化」を多くの階層の人々に解放したという意味で重要です。ただし、彼の「もののあはれ」論自体はやや抽象的で、実際には作品である『源氏物語』を読むという「場」において発生する、読者の側の感情の機微を促すという、そういう機能を果たす理念とも言えます。

さて、『源氏物語』自体にある「あはれ」とはどのようなものでしょうか。簡潔に言うならば、「人間のさだめ」や「男女の群像」を「深い情調」で描く作家側の執筆態度、また登場人物など対象とされた人間の悲しみを「あはれ」と感じる読者側の閉鎖的な心理ということになりましょうか。もう少し作品の中から「あはれ」を見るならば、しみじみと情趣深い感情を、物語の語り手や登場人物の受ける内面的な問題として捉え直しているということができます。ともあれ、日本の古典文学への態度として、『源氏物語』に「あはれ」や「もののあはれ」を結びつけることは多かったわけですが、近年の『源氏物語』研究においては実際にこの作品に用いられる語彙から実証的に考察することが求められています。ですから、「もののあはれ」論というのはあってもよいのですが、宣長の展開した論理以上のものはあまり期待しない方がよいでしょう。

その「あはれ」ですが、同時代の『枕草子』でも用いられています。ここでは、『源氏物語』に比べてみると、やや幅広い意味で使われているようです。そして、『源氏物語』の「あはれ」が、物語の大きな文脈に沿いつつ、具体的な「悲しみ」にそれが向けられているのに対して、『枕草子』ではより断片的・孤立的な対象に用いられているようです。「あはれなるもの」という類聚的章段では、その特徴がはっきりとします。この章段では、親孝行な子、御嶽精進した青年、黒い衣を着た若い男女、卵を抱いた鶏が伏していることなどが「あはれ」となります。『枕草子』という作品の構成の問題とも関わりますが、『源氏物語』の「あはれ」にあった重さがなくなり、より軽妙な雰囲気になっているようです。

「あはれ」という理念ですが、中古文学（平安時代の文学）においては「かなし（悲しい）」と「うれし（嬉しい）」という相反する概念を包み込んだものでもあります。『源氏物語』においても必ずしもマイナスのイメージだけの言葉ではないですし、『枕草子』においては、その相反性を基に幅の広い理念として用いられました。ですので、作品それごとに「あはれ」の意味合いは変わる面もあります。けれども、「あはれ」という理念が文学作品の枠を超えて、広く日本的感覚を表しているとも言え、悲しみのあることも含めてそこに美意識を感じる精神は、普遍的な広がりを見たと言ってよいでしょう。

をかし

よく『枕草子』は「をかし」の文学と言われます。実際に『枕草子』には頻繁に「をかし」という形容詞が登場します。一方、『枕草子』では「をかし」に対立する語として「わろし」と「うたて」と「心憂し」を見出すことができます。

をかし　↕　わろし（よくない）

をかし　↕　うたて（嫌だ）

をかし　↕　心憂し（不快だ）

ここでは、このように図式化することができると思います。であるならば、「をかし」は楽しくて気分もよく、快適だというような意味としてよいでしょう。ですから、「あはれ」とは違って、マイナス要因はほぼ除去されていると言えます。さらに「をかし」が加速化されると「笑い」に到達するわけです。現代語の「おかしい」がそれに当たりますが、現代語ではさらに秩序や機能の乱れ、異議申し立てや不満の噴出へと進み、マイナス要因にも転換されている点は興味深いと思います。

「をかし」はよく「あはれ」と対比的に扱われます。これらは『源氏物語』と『枕草子』という平安時代の二大文学作品の色調として、あわせて説明されてきました。

『源氏物語』――あはれ

『枕草子』――をかし

このような対比的見方を否定はしませんが、単純化し過ぎているようにも思えます。例えば、「あはれにをかし」という表現も『枕草子』には実際に見受けられ、語彙自体の対比性はそれほど強いものではありません。「あはれ」のプラス要素がそのまま「をかし」のプラスに流れ込んでくる、そういうこともあるわけです。

つれづれ

「つれづれ」というと『徒然草』を想起する人が大変多いと思います。ただ、「つれづれ」という語彙はすでに『枕草子』の跋文や『源氏物語』の須磨巻などに見られ、ともに文章を書いたり、筆を用いる時に表されています。ですから、中古文学において「つれづれ」は創作時の作者の環境や態度を表すものと考えられます。ですが、中古文学における「つれづれ」は、後の時代に見受けられる倦怠感を伴いながら所在なくながめ暮らすような、態度としての積極性が特に認められるものではなかったのです。

しかし、『徒然草』はその冒頭が示すように、中古文学的な「つれづれ」の文脈を生かしつつ、新たな境地に達していると考えられます。それは「つれづれ」という言葉をより理念化し、さらに積極性を前面に出そうと試みる姿勢のことです。単なる退屈ではなく、思索的な時間を過ごし、自然と人生を深く味わう、それこそが新たな「つれづれ」であるわけです。それは『徒然草』という作品が全体として語っていることなのだと思います。

内容が中世文学（鎌倉時代から室町時代の文学）の方に進んできましたが、中世文学はより理念を重んじる傾向があります。古代文学作品について挙げられた理念は、江戸時代や近代以降に考え出されたものであり、当時の人たちが特に意識化していたとは言えません。民俗学者でもあった折口信夫の提唱した「貴種流離譚」や「色好み」といった概念も同様です。一方で中世に生きる人たちは自ら理念を作り上げ、その理念を基に文学活動を始めました。文学の理念という点から、このことは大変重要なことです。それでは、中世文学の理念について考察を始めたいと思います。

無常

「無常」という理念を考える時、どうしてもそれは中世文学のことが意識されます。しかしながら、「無常」というのは本来平安時代に広まった仏教的な考え方なのです。平安文学においても、文学作品の中に「無常」を感じさせるものは数多くあります。あの『源氏物語』ですら、時勢の変化や登場人物の老いや死といったところに十分「無常」が感じられます。それでは、なぜ中世文学がこの「無常」という理念を大きく引き受けることになったのでしょうか。

比較的安定していた社会構造を維持していた平安時代も、その末期には多くの戦乱に見舞われました。源平の合戦などを機に貴族社会が疲弊し、新興の勢力が力を付けると、価値観の枠組みが変容してしまいます。この世の中はより脆弱に見えるようになったのでしょう。平安貴族にとって、仏教の教えを基盤としたやや観念的・抽象的な理念であった「無常」が、彼らのリアリティーの中に入り込んできたのです。戦乱の世が「無常」観に「実感」という新たな要素を加えていったのだと考えられます。

その中世的な「無常」ですが、個人的な体験と社会的な体験の二つの要素から成り立ちます。そして、この二つの要素が重なるところに「無常」の奥深さがあるのです。個人的な体験というのは自身の出世の道が閉ざされたり、近親者の死などのことを言います。一方で、社会的な体験というのは、こうした個人的な体験を通して理解できる、自分以外の大きな社会や歴史の流れについて受け止めるということです。

「無常」を語る時に、個人的な不幸のみを切々に語るのであれば、それは多くの場合、個人に帰結する問題となり、大多数を説得する文脈を持ち得ません。西行も鴨長明もそれぞれ個人的な体験からまず「無常」を感じ取ったことは、一人の人間として自然なことです。ただし、西行の和歌や長明の『方丈記』が個人的な苦難のみを「無常」としたのではなく、広く社会的な現実の反映として作品化されたことは大きな意味を持つと思うのです。「無常」というと一種の宗教的な境地を言うのだという理解がありますが、その場合においても、個人と宗教を結びつけるところに社会的な現実があるのだと考えます。でなければ、その宗教やそれに関連する文学理念は、閉鎖性の高い孤立的な自己心酔になってしまう危険性さえあるわけです。

『平家物語』の冒頭は「祇園精舎の鐘の声、諸行無常の響あり」ですが、『平家物語』こそ「無常」の文学として広く理解されている作品もありません。そこで重要なのは、冒頭で「無常」という観念・理念を強く示しながらも、実際の作品世界はほぼ具体的・現実的叙述のみで成り立っているところです。『平家物語』の「無常」観は、平家の興亡とそれに関連した大多数の人々の生活や営為とともに語られています。そこに「無常」と現実の隣接化の作業が徹底的になされているわけです。つまり、『平家物語』の「無常」は、仏教的な枠組みを超えて、現実社会を見通すことによって人間そのものを理解する文学的な理念へと昇華していったのではないでしょうか。

「無常」観は、私たち個人や社会に永遠性のないことを強調します。もっとも私たちが永遠に生き、栄え続けることのあり得ないことは、ほとんどの人は最初から理解しています。では、なぜそんな当然のことを中世の人たちは強調するのでしょうか。実のところ、「無常」観の向こう側に、「常」なるもの、永遠なるものを憧憬していたとも言えないでしょうか。中世の人々にとって、それは平安時代の安定した貴族社会であったかも知れません。

西行や長明の「無常」と『平家物語』の「無常」はどこが違うのでしょうか。それは前者の語り口があくまで一個人の一回的な語りであるのに対して、後者の語りは複数の語り手による社会的な語りであり、いわばハーモニーのように反響しているところです。その反響は琵琶法師によって繰り返し再生されました。あるいは作品自体がとても再生的です。ですから、『平家物語』において「無常」は、一個人の体験や一個人の語りだけではなく、作品全体の基調として、さらに強固に「無常」観を達成しているように思います。そして、その基調は中世文学全般を通して読み取れるものと考えてよいでしょう。

幽玄

「幽玄」というのも中世文学を考える上でとても大切な理念です。そして、この理念は「無常」とあわせて考えることで特に大きな意味を持ちます。ただし、「幽玄」は「無常」にやや遅れて理念化され、「無常」以上に意識的かつ戦略的に当時の人々が用いるという面がありました。

「幽玄」は余情性を特に重視します。また、既に説明した「あはれ」や「をかし」を包含しつつ、象徴的な表現を目指します。象徴とはシンボルのことですが、あるものを用いて、他の何かを表すという意味では比喩的でもあります。また、余情には静寂さが求められますし、またそれに情趣がなければなりません。つまり、「幽玄」は平安時代に到達した美的理念を基盤にして、さらにそれらに感覚的な広がりや時間的・空間的な間合いを与えるものと言ってよいでしょう。

「幽玄」の理念の創始は、平安時代末期の藤原俊成に求めることができます。実は「幽玄」は和歌の創作や批評の場においてまず意識化されたのです。ところが、現在「幽玄」と言えば能楽に関わる理念として取り扱われることが多いです。世阿弥の『花伝書』には「能に、強き・幽玄・弱き・荒きを知る事」とあって、明らかに意識的にこの理念を用いています。彼の目指した「幽玄」は、和歌的な世界のそれに、優美さや荘重さ、また夢幻の要素を加えています。その結果、彼の考える「幽玄」が、この理念の主流の解釈にいたったのだとも言えます。世阿弥の創作したとされる能「葵上」は、『源氏物語』をモチーフにしつつも、登場人物をその装束一枚のみによって象徴化するなど、原作とは全く別の手法と演出で描かれています。

さて、いったいどうして「幽玄」はこの時代に求められたのでしょうか。中古から中世へとそれを貫き通すような美意識の継続性があったことは理解の範囲だと思います。けれども、それと裏腹に「無常」観の浸透が大きく関わっているのではないかと思うのです。「無常」それ自体は、中世という不安定な社会の現実として向き合うことが求められたのはよくわかります。けれども、人間はただひたすらに「無常」の中では生きづらいのです。それを克服するような永遠性も同時に求めていたような節が当時の人には見られます。つまり、この無常の世の中に、少しでも永遠につながる何かを求めたその結果が「幽玄」なのです。というのは、和歌的「幽玄」から能的「幽玄」に変容する際、特に重んじられたのが、さらなる象徴化と夢幻化です。象徴は実在（現実存在）を超え存在し、夢幻は認識する主体を超えて存在するもので、一見はかなく感じる一方で、大きな存在感を覚えるものでもあります。よく「夢か現か」と言いますが、「現実にはないものがまた別の世界にはある」ということは、論理上も強い説得力を持つ場合があるのです。

このように考えると、「幽玄」を同時代的・並行的に支えていたのは実は「無常」であり、繰り返しますが、それは平安時代に生み出された文学理念に遡ります。「幽玄」の美を重んじた能を繰り返し享受していったのは、戦乱によって最も「無常」を感じていた他ならぬ武家の人たちでした。彼らは能の演舞の向こう側に「無常」だけではなく、永遠性を担保してくれる夢幻を読み取ったに違いありません。

さて、戦乱とは大きく個人の生き方や社会のあり方を変えるものです。具体的な戦闘だけが「戦争」ではありません。「戦争」は非戦闘の場の大きく広い枠組みさえ、揺り動かすと言えます。ですから、日本の古典文学も「戦争」によって大きく変わったとも言えます。こうした中で、「無常」も「幽玄」も大きく理念化したことは間違いありません。一方で、自分は政治や戦争には関わらないと宣言した人もいます。藤原定家です。次にその定家の文学理念を見ていきましょう。

広島県にある厳島神社の能舞台

第8回　日本文学の理念　4 妖艶、有心

日本文学の理念を考える場合、和歌がその基軸にあることは言うまでもありません。もちろん、和歌が他のジャンルに比較すると極めて長命であること、和歌を詠む人やその享受者が極めて多かったことにも起因することです。けれども、それだけではなく、和歌というものが常に新たな表現上の挑戦をし続けてきたことにも関連するのだと考えられます。特に古代における和歌と、中世のそれとはかなり様相が変わっているように思うのです。例えば、古代の和歌は原則として「自分のことを自分が詠む」わけですが、中世になると「他人のふりをして自分が詠む」といったことが起こります。必ずしも作者自身の体験を詠んでいるとは限らないのです。「たわやめぶり」とされた『古今和歌集』において達成したかに見えた和歌の模範型も、そのままの状態ではやはり陳腐なものになってしまうのです。

妖艶

定家は和歌の詠作に「余情」と「妖艶」を求めました。定家は『古今和歌集』時代の紀貫之を高く評価しましたが、貫之に欠けるものとして「余情」と「妖艶」を指摘したのです。言われてみればその通りで、『古今和歌集』は全体として、このような印象を受ける歌は少ないようです。「余情」は既に「幽玄」においてその理念は切り拓かれていました。定家が新たに理念化したのは「妖艶」の方になります。では、いったいここでいう「妖艶」とは何を言うのでしょうか。

定家は官僚であり、歌人でもあり、また古典文学の研究者でもありました。『源氏物語』や『更級日記』など、定家によって後代に伝えられた古典文学作品は決して少なくはありません。この人物がいなかったならば、平安時代までの古典文学の様相は、私たち現代人にとってだいぶ違ったものであったはずです。定家は古典文学作品を愛していましたから、自分の時代になったからと言って、過去をすべて否定するようなことは全くありませんでした。むしろ、この時期までの日本の文学作品をできるだけ高く評価しようとしたのです。

ところが、古典文学を研究する立場と、和歌を詠むという立場はだいぶ違っています。同時代の権力者である後鳥羽院は、和歌をとても重要な位置に置いたので、定家はそうした帝王に対して、和歌という枠組みの中で向き合わざるを得なかったわけです。であれば、旧態依然とした和歌を詠むことは自滅的行為であり、時代の最先端たる和歌を詠み、それに自ら価値を与え続けなくてはなりません。

伝統的な古典文学に関わる知識の集成、そこから生じる伝統の重視と、新たなものを常に生み出さなくてはならない、現実を生きる現場の歌人（芸術家）との間に矛盾に近いものが生じたことは容易に想像ができます。その矛盾を乗り越えるために定家は「古い言葉を巧みに使って、新たな和歌を創作する」という道を選んだのです。

定家は従来の歌ことばを重視し、活用しました。彼の頭の中にある古典文学の知識は、それを適えるのに十分でもありました。その一方で、「新しい心」も詠歌に取り込もうと考えたわけです。

春の夜の夢の浮橋とだえして峰にわかるる横雲の空（『新古今和歌集』巻一・春上）

この定家の和歌は『源氏物語』の巻名である「夢の浮橋」を用いて詠まれています。この歌自体からも「余情」や「妖艶」を見ることは可能でしょうが、その奥に『源氏物語』の世界を見通すことによって、この歌は「妖艶」さを増したとしてよいでしょう。

どうやら定家は、当時の古典文学作品の基盤の上に乗った、象徴的な表現を「妖艶」と考えたようです。ですから、現代語における「妖艶」の意味「あやしいほどになまめかしく美しいこと」とはやや異なるようです。書物世界の知的基盤と、眼前にある実存があって、その全体構造を「夢幻」的に捉えるといった方法と言えるのではないでしょうか。

有心

定家は「和歌の十躰（詠みぶりの違い）」のうち、「有心体」を最も重んじました。そして、それをすべての和歌に通じる基本的なものとして考えていました。歌を詠む時の心は、うそいつわりの心ではなく、まことの心で、清く澄んでいることが求められ、そこに純粋な感動があると言うのです。「有心体」は心のこもったことをその特徴としていますが、まさしくその点を定家は強調したわけです。

一方で、中世に主流な理念であった「無常」や「幽玄」に比べて「有心」は一時的な流行で終わったとも言えます。定家の子の為家も「平淡美」を尊んだのですが、これも後世への影響は決して大きくはありませんでした。和歌文学の研究という立場においては、このように提案された文学理念も大変重要なものに違いありません。けれども、和歌の世界を超えた広がりを持つか否かがここでは問われるのだと思います。

特に「有心」という理念は抽象的・概念的で、「無常」や「幽玄」のように人間存在のあり方につながるような具体的な心性（マインド）が見えにくかったのではないでしょうか。中世の文学理念を牽引してきたのは、間違いなく和歌に関わる人たちではありましたが、中世後期や戦国時代においては、知的分野において職人化した彼ら歌人の言葉にも限界が見えたのかも知れません。中世後期以降の新興の勢力も含めた、広い視野を持ち、より包括的な理念が待ち望まれていたのだと思われます。

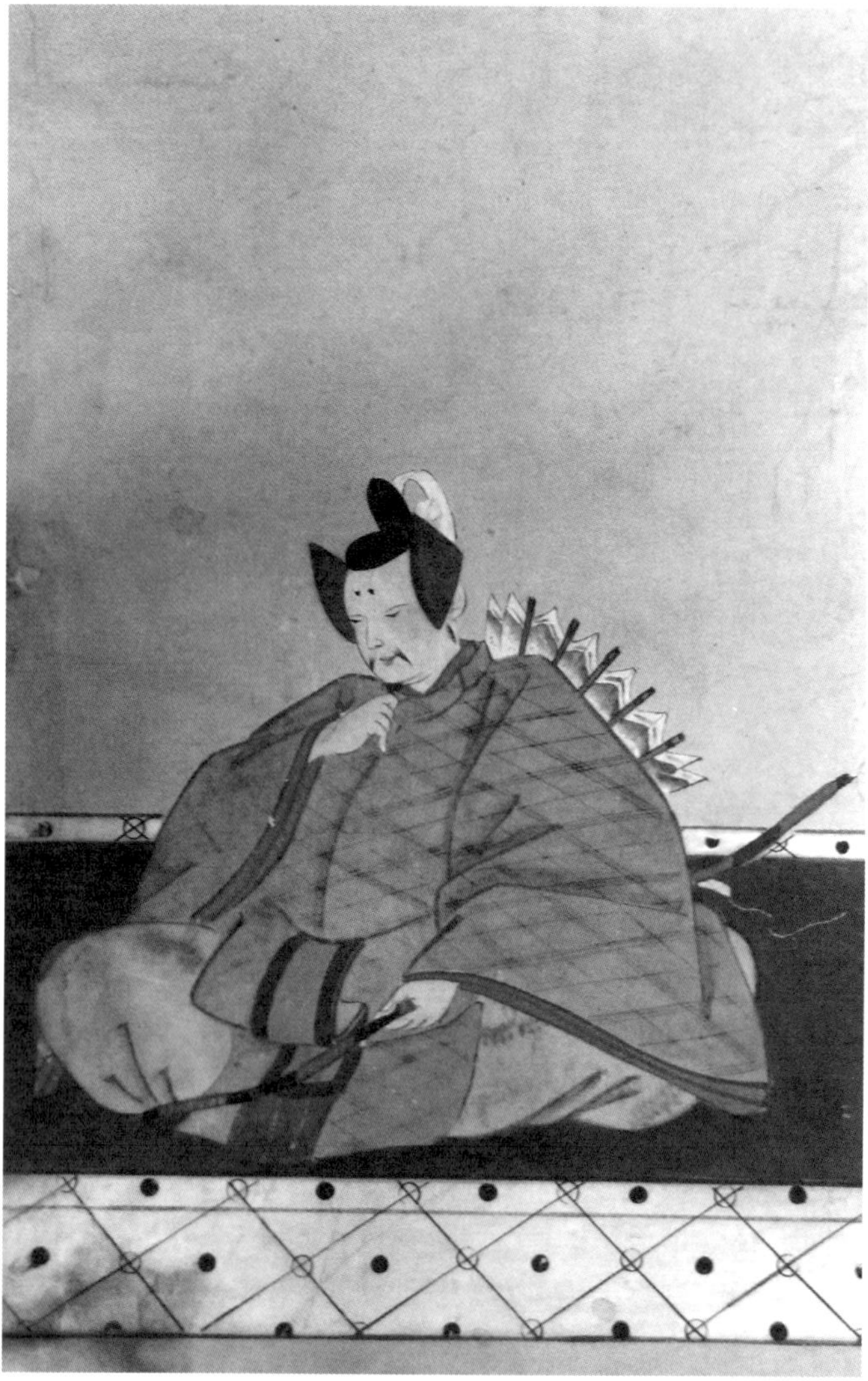

歌仙絵・在原業平　江戸時代後期

近世に入ると、徐々に社会的安定と商業資本の蓄積が見られるようになりました。社会的安定は文学作品の享受者を自ずと増やし、また商業資本の蓄積は町人または商人といった新たな階層を文学の場に引き寄せることにもなりました。文学の理念もより普遍性・総合性が求められ、幽玄などの中世的な理念からの脱却が必要でした。

「風雅」は近世初期から前期の文化的風潮に適合し、新たな文学的な理念として広がっていくことになりました。「風雅」とは閑寂かつ優雅な自然の精神を味わうことを意味します。「風雅」は平安時代的な華やかな「雅《みや》び」を一面で引き継ぐものですが、一方で中世的な静寂さも背負うものです。つまり、この理念は江戸時代までの伝統的な価値観を総合させ、普遍化したとも言えるのです。この理念を強く自覚したのは松尾芭蕉ですが、それは西行の和歌、宗祇の連歌、雪舟の絵、利休の茶を同一的精神として捉え返したもので、ここではもはや文学の領域を超えている面さえあります。そのため「風雅」はあまりにその射程が広がりますから、総合的な理念とは異なる、もっと個性的、限定的な理念が発生する素地がすぐにできあがったのです。

芭蕉の思考と実作の素早い変遷はしばしば弟子たちを混乱させたようですが、芭蕉の素晴らしいところは、文学の理念を強く提供しようとしたことにほかなりません。単なる実作家とは異なる、思想的戦略を持った人物と評してよいと思います。

話を「わび」「さび」に移しましょう。芭蕉はやがて「わび」と「さび」の境地に達しました。ところで、「わび」と「さび」はよく併せて用いられますが、やや異なる概念でもあります。まずはこの二つの理念を同一視することなく個別に考えてみたいと思います。

「わび」とは動詞「わぶ」の連用形でそれが名詞化されたものです。ですから、「わび」を行動的に言い換えれば「わぶ」に戻ります。また、そのままの状態で据え置かれると「わびし」という形容詞になります。ですから、「わび」は動詞、名詞、形容詞と変容しつつも一つの概念として機能すると言ってよいでしょう。芭蕉における「わび」は、不遇や貧困という場での孤独に耐えつつ、それを超越してむしろその不遇の中に、精神の安定と充足を見るものです。それは実作の面においては、俳諧の美意識へと到達します。

小野小町の歌に「わびぬれば身をうき草の根を絶えてさそふ水あらばいなむとぞ思ふ（『古今和歌集』巻十八・雑下）」というのがありますが、ここでの「わぶ」は実のところ後ろ向きな単なる悲しみでしかありません。中古や中世の和歌において「わぶ」に積極的な意味はなかったと考えられます。つまり、芭蕉は静的で消極的な意味であった「わび」を、そのままに反転させ、動的かつ積極的な「わび」に大転換させたのです。これは、文学史上の発想の転換として特筆すべき事柄に違いありません。

次に「さび」を見てみましょう。「さび」はもちろん形容詞の「さびし」と通じるものです。また、色彩に関連させて考えるべきものです。ちょうど金属が錆びるようなイメージがあり、こうして捉え返すならば、「さび」は「わび」とはだいぶ違って見えると思います。源宗于の和歌に「山里は冬ぞさびしさまさりける人目も草もかれぬと思へば（『古今和歌集』巻六・冬）」というのがありますが、この和歌ほど色彩的衰弱をうまく表現した歌はありません。もちろん「さびしさ」という名詞も「さび」と通じています。芭蕉においては、「さび」はむしろ閉鎖的で陰性的な美意識であったようです。本来の光沢を強く沈静させ、その錆びた色彩を「さび」と認めたわけですが、そこには閑寂さも当然含まれ、また「さび」独自の色調による美意識も垣間見られるというわけです。

「わび」も「さび」も、芭蕉によって新たな文学理念として開花したことがわかったかと思います。もとは古い詞でもありましたが、そこに精神性を取り込んだところが画期的であったようです。そして、特にこの理念が文学の範疇を超えて、文化や思想の領域まで及んだことは極めて重大と言えるでしょう。文学の理念から生まれた「わび」「さび」は、現代では、私たちの心性の理解として幅広く用いられているように思います。このことは、今後も引き継がれていくに違いありません。

さて、「わび」や「さび」が日本独自の美意識として特に重視されることの多いのも事実でしょう。しかしながら、これらの華やかさをベースとしない美意識は諸外国にも十分見られるものです。華やかさをある意味での成金趣味として扱い、「わび」「さび」の高尚性を主張することに異論はありませんが、日本の文化の発展という長い歴史の中でこうした心性が醸成されてきたという点も忘れてはいけないと思います。

また、「わび」も「さび」もあくまで自発的に選択するべきものであって、他者に求めるようなものではありません。「わび」「さび」を突き詰めてゆくと、物質的窮乏を無批判に肯定することを誘発しかねないわけで、それが人々の経済生活上の感覚と乖離し過ぎることもあるわけです。

それにしても芭蕉の影響力の大きさがわかります。一方、この時代、浮世草子作家の井原西鶴がいて、戯曲作家の近松門左衛門がいました。江戸時代前期・元禄時代の文化風潮を広く元禄文化と言いますが、古典文学の世界もまたその大きな潮流の中にあったわけです。

柳亭種彦著・歌川国貞絵　修紫田舎源氏（二十六編下の表紙）

源氏物語を翻案した近世小説である。

江戸時代の社会の仕組みは、実は現代の私たちの社会にも直接的なつながりを持っているものです。それが、古代や中世とは大きく異なっている点です。藩の意識は実は現代まで脈々と続き、近代化という大きな流れの底流に近世社会の大枠は引き継がれていると言っても過言ではありません。よって、江戸時代の文学的な理念もまた現在の私たちに通じる何かを持っていると考えてよいと思います。以下は主に江戸時代後期に多く見られる文学理念について考えたいと思います。

古典文学の中からは、「滑稽」という理念を取り出すことができます。古く『万葉集』の巻十六に「痩《や》せたる人を嗤咲《わら》ふ歌」があって「石麻呂にわれもの申す夏痩によしといふ物ぞ鰻取り食《め》せ」と詠んでいます。和歌といえば花鳥風月を詠むという印象がありますが、ここでは「夏痩せ防止のため、鰻を食せ」と言っています。また、『枕草子』の「をかし」にも滑稽的な心情が含まれており、さらに『堤中納言物語』の「虫愛づる姫君」や「はいずみ」などはその滑稽味がより深化したものとして見てよいと思います。

中世後期には、それまで作品やジャンル全体に対して付属的な理念であった「滑稽」が、文学理念のより中心部に据えられることになります。まずは芸能の分野で「滑稽」が大きく開花したのです。近世に入ると、「川柳」や「狂歌」が現れ、これらも「滑稽」を中心とした文学と言ってよいでしょう。「狂言」や「川柳」「狂歌」には、それぞれ能、俳句、和歌といった、その形態を同じくする正統派との対立軸があるわけですが、こうした対比的なあり方もやはり特徴的と言ってよいでしょう。正統派があるからこそ、滑稽文学はより先鋭的にその主張ができるのです。なお、江戸時代後期に十返舎一九や式亭三馬などによって「滑稽本」が多く創作された点も見逃せません。

滑稽の文学ですが、これらに散見されるのは、単に面白いということだけでなく、どこかに悲哀のようなものが感じ取れることです。むしろ滑稽の裏側に隠されている悲哀こそが、これらの文学を支えているようにさえ思うのです。本来、笑いという感情は複雑なもので、悲しみや怒りについては世界共通なのですが、笑いだけは民族や文化が異なると、全くその面白さがわかりません。世界的なコメディアンが主にパントマイムに限られるのはそれが理由だと考えられます。一方、時代によっても笑いは異なりますから、私たちが日本の古典文学の笑い、滑稽をすぐに楽しめるかというとそれも難しいものです。先に紹介した『万葉集』の「痩せたる人を嗤咲ふ歌」は病人に対して言っているのですが、少し残酷な感じもしてしまいます。笑われている本人にとっては全く笑えない話です。

滑稽文学はいくらか消費的な印象も受けます。繰り返し楽しむというよりも一回性、単発性の高いもので、古典文学の世界での永続的存続という意味では困難なものでもあったようです。そのため、主に他の作品に付属するか、他のジャンルと併存するかの道が選ばれたのだと考えられます。

近世文学（江戸時代の文学）の主流は町人文学にあったと考える研究者もいます。そうであれば、彼らの持ち得た文学的理念も理解しておくべきでしょう。「粋《すい》」は、世情を理解し、その点ですぐれていることを言います。また、「通《つう》」は世事・人情に通じていること、「意気《いき》」は気質・身なり・態度などがさっぱりとしていて、嫌味がなく、一方で色気のあることを言います。もちろんこのような定義は変容しますし、研究者によっても異なりますから、おおよそのものとして理解してください。

こうした江戸町人の気質とでも言うべき理念は、文学以前に生活の仕方の問題でもありました。彼らの理想のライフ・スタイルは、「粋」をきかせ、人情に通じていなくてならず、それがわからない輩は「野暮」ということになりました。意気ないで立ち、ふるまい、心意気など目に見えるもの、見えないもの、そのすべてを包む生活上の理念であったのです。こうした理念が文学作品にも反映したと考えてよいでしょう。

さて、文学の理念は他にも数限りなくあります。ここで取り上げたのは、その中の一部に過ぎません。意識的に用いられた理念、あるいは無意識的なもの、さらに読者の側の解釈的な理念など、そのあり方は多様ですが、いずれにしても文学作品を理解する上で太い補助線となるものです。けれども、国語教育の現場でよくあるように、理念が一人歩きしてしまっては作品を真に読んだことにはならないわけです。どんなに高尚な文学理念が言われていたとしても、まずは作品と真摯にかつ愚直に向き合うことが大切です。若い方はぜひ文学理念と適切な距離感を保ちつつ、作品世界を考えてみてください。

レッスン❷

あなた自身で新たに日本文学の理念を探し出して、それを説明してください。

理念名（　　　　　　　　　　　　　　）

説明…

第11回　日本文学の研究

1 古典文学研究史、作家論とテクスト論

今回から「日本文学の研究」に入っていきます。これからは、古典文学作品の研究の歴史やその方法について考えていきます。

古典文学作品の研究の始まりをいつかと特定することは難しいですが、平安時代末から中世初頭にかけて、藤原俊成・定家父子らなど歌人たちが多くの業績を残しました。また、『源氏物語』の研究として、四辻善成の『河海抄《かかいしょう》』、一条兼良の『花鳥余情《かちょうよせい》』なども挙げられます。『万葉集』では仙覚の『万葉集註釈』が古くあります。これらの研究はおおむね文献学的な研究であり、こうした初期の研究成果には現在失われてしまった資料の存在が想定されるなど、現代の研究者にとっても必読であるに違いありません。

江戸時代になると、印刷技術の発達や富の蓄積による古典文学享受層の拡大により、古典文学研究の状況が変わってきます。北村季吟は特に出版と研究とをあわせて展開する人物でした。『源氏物語』では『湖月抄《こげつしょう》』、『枕草子』では『春曙抄《しゅんしょしょう》』を残しています。

江戸時代後期の国学の隆盛は、古典文学研究にも大きな影響を及ぼしました。国学の運動は、堂上《どうじょう》派（公家）系統の古典文学研究が伝統にとらわれ、衒学《げんがく》的傾向の強かったこと、また仏教や儒教など外来の思想の影響の過度に強かったことを乗り越えるという面があったと言えます。文法主義の意識が高くかつ文献学的志向を持った契沖や思想的・政治的であった荷田春満を経て、賀茂真淵・本居宣長によって国学は学問的に大成されたと言えます。宗教的な意識がとても強かった平田篤胤や、考証的な方法を用いた伴信友なども重要な人物でしょう。

国学の特徴として、公家的伝統の超克、また外来思想からの自立に加えて、これまでやや軽視されていた『古事記』や『万葉集』などの上代文学を熱心に探求した点があります。これは、平安時代を中心とした古典文学に対する意識に、新たに奈良時代の文学に価値を付与する重大な出来事であったに違いありません。後の正岡子規の『万葉集』賛美にもつながっていることは言うまでもありません。

国学の絶頂期はいつでしょうか。『古事記伝』を著した本居宣長の影響は特に大きかったようで、この流れは明治初年以降も続いたと言ってよいでしょう。そもそも国学の魅力は、その総合性にありました。国文学のみならず、神道学や国語学、国史学、和歌の詠作などと強く結び付き、国学という大きな枠組みに内包されていきました。けれども、その総合性は学問的な厳密性を欠くことも多く、また幕末には尊王攘夷思想とも結び付き、政治色を深めていきます。そして、学問領域としての国学は、国史学や神道学、国語学などの離脱・独立をもって事実上解体しました。

近代以降の日本の古典文学研究は、ヨーロッパ発祥の近代科学に影響を受け、近世の国学とはそれなりに違う学問へと生まれ変わりました。ただ、そこに国学的なナショナリズムが一掃されたかというと、そうとまでは言えません。新たな帝国のナショナリズムを支える装置としての機能は後に果たされるわけですが、ここではひとまず具体的な研究方法をそれぞれに追っていきたいと思います。

文学作品は必ず単数または複数の作者を持ちます。もちろん、その作者が誰であったのかわからないこともあります。古典文学の場合、近現代の文学と異なって、作者が不明であったり、作者についての情報が限定的であったり、極端に言えばその作品以外に作者に関する情報のない場合さえあるのです。

さて、作者について考える（「作家論」と言うことが多いです。）時に重要なのは、それが「伝記研究」なのか「作品を書いた作者の研究」なのかを意識的に分けるということです。ここでいう「伝記研究」とは「作品（テクスト）」から一度身を引き、実在した人物の生きた姿を追うことを言います。例えば、大伴家持や小野小町、紫式部や清少納言という人物の人生を考察することを言います。この場合、極端に言えば、彼らの残した作品の中身を厳密に理解しなくても十分に目的は達成されます。これが「伝記研究」であり、歴史系人物叢書に多くの文学の作者の伝記が含まれているのも、作品からいったん離れたところにこうした研究方法が位置するからにほかなりません。

一方で、「作品を書いた作者の研究」(「作者研究」とでも言いましょうか。)は、作品それ自体を中心的に考察することを目的とする「作家論」の一種と言うことができます。この場合は、この作者がどのように生きたかではなく、創作した作品に作者がどのように向き合ったかが重要になります。ここでいう「作者研究」は、作者の残した作品そのものと、作者に関する外的な資料のうち創作に関わるものの双方を総合する形で考察されていきます。ですから、「伝記研究」と違って、より作品に密接するという点で「作品」論にもつながるものです。

作家論(伝記研究 ⟷ 作者研究)

少し抽象的ですが、右のような区分けをひとまずしたいと思います。

ところが、古典文学の場合、既に述べたように、作品以外からの作者に関する情報が乏しい場合、また作者不明の場合があって、「伝記研究」にせよ「作者研究」にせよその方法の限界性も指摘されています。

例えば、『竹取物語』の作者は不明です。が、一般に男性で貴族、かつ知識人というふうに理解されています。なぜそうなのかと言えば、『竹取物語』のモチーフや文体、典拠と思われるものから、こうした推定をしているわけです。ここに「伝記研究」はほぼ入る余地はありませんが、「作者研究」は介入できます。作品から導き出された作者を、その時代性から想定することは決して無意味ではないと思います。けれども、もしここで生み出された作者像をもってして、再び作品を批評しようとするとどうでしょうか。そうなると、少し警戒心が生まれると思います。なぜなら、読者たちが作り上げた作者像によって、作品の内容や表現に踏み込んでいくのですから。

作品 ↓ 作者像 ↓ 作品の内容と表現 ↓新たな作者像 ↓新たな作品の解釈

こうなってしまうと、同義反復（トートロジー）的円環を繰り返すだけで、とても科学的・論理的な理解とはならないでしょう。つまり、近代文学に比べて情報の少ない古典文学の「作者研究」は実はかなり慎重に行わなくてはならないのです。

作家論 ↔ テクスト論（作品論とも）

では新たな図式を提示します。ここまで考えてきた「作家論」に対して「テクスト論」というのを立ててみます。テクスト論とは一般に作者のことはひとまず横に置いて、作品のみからわかることを考察しようという立場になります。（もっとも、この「テクスト論」という考え方も研究者によっていくらか異なっていて、自称「テクスト論者」がほぼ皆無であるにもかかわらず、「あの人はテクスト論者だ」と言われていることの方が多いものです。）この考え方は、作者に関わる情報の少ない日本の古典文学の研究方法としてそれなりに浸透しやすかったものでもあります。特に物語文学などの散文作品の研究には大きな成果を得たと言ってよいでしょう。『源氏物語』という作品を読むにあたって、紫式部という実在性や作者性はむろん絶対ではなかったというわけです。

テクスト論は、原則として文学作品のみを読むわけですから、結果、作品内の問題を特に深く考察することになります。外部情報はあくまで補助的なものと考えるわけです。ですから、作品、あるいはテクストの「読み」としては新たな見え方を提示することが多々あって、文学作品自体の面白さを改めて確認することになったのだと思います。「新たな読み」、これはとても魅力的に思えるものでした。

一方で、テクスト論に対しての批判として、多様な読みを提供するのはいいが、そこに混乱を生じさせないかとか、歴史的蓋然性はあるのかとか、作者はそこまで考えて書いたのかとか、様々に意見がありました。研究者の恣意的な読みがまかり通るのは言語道断ですが、近年では「新たな読み」「多様な読み」について再考される機会が多いようにも思われます。

結局、作家論もテクスト論もそれぞれに必要ではないか、というのが今日的理解なのかも知れません。(もっとも私などは世代的な問題なのか、一般にいうテクスト論にも魅力を感じ続けていますが。)関連して、作者ではない物語の登場人物として考えるべき「語り手」論、また「語り手」によって行われる「語り」論、作品中の「書き手」が「書く」という行為に重要な意味を見る「書記論」、読む側の立場をも尊重する「読者論」、さらに読むことの蓄積についての考察である「享受論・受容論」などなど。作品が生み出されるその瞬間のこと、さらにそこから展開する様々な営為、こうしたところに意識を高めた研究方法のうちに、作家論もテクスト論も大きく関わっているのではないでしょうか。

レッスン❸

あなたの考える作家論・テクスト論のよいところ・悪いところをそれぞれ書いてください。

作家論

テクスト論

2 書誌学、文献学

近年はデジタル化によってやや様相が変わりつつありますが、長い歴史の中で、文学作品とはおおよそ図書文献として伝わっていくものでした。そのため、書誌学的研究や文献学的研究が日本の古典文学研究においても、その基盤的役割として発達していったのです。文学作品も結局は形態的な実存であること、またそれが文字記号の書記によって成立していることを踏まえると、研究の基盤としてこのあたりから手を付けられるのは必然のことでもありました。

一般に書誌学とは、図書を対象とする学問の意味です。そのため、文学研究における書誌学的研究もまずは形態的存在としての図書に着目することになります。具体的には、漢字のくずし字や草仮名の読解が重要で、これが読めなければその本の題名すらわかりません。書風や書体を考察することによって、その成立年代がわかることもあります。また、どのような紙を使っているのかで、その本の高級感もわかります。一般には楮紙《ちょし》（楮《こうぞ》を原料とした和紙）というのが使われていますが、やや厚手で光沢のある斐紙《ひし》（主に雁皮《がんぴ》を原料とした和紙）というのも使われます。装丁には巻子状のものと冊子のものがあり、冊子には紙を折ってその片面のみに書き写す袋綴《ふくろと》じと、紙の両面に書き写す列帖装《れつじょうそう》と粘葉装《でっちょうそう》というのがあります。列帖装は糸を用いて装丁しますが、粘葉装は糊を用いて装丁します。袋綴の場合は楮紙が使われ、列帖装の場合は斐紙が多く使われます。古典文学作品を記した書物の大きさや形状も様々でした。詳しくは、書誌学の専門書を見てください。

書誌学的研究においては、古典籍といわれる前近代までに作られた写本や版本について扱うわけですから、こうした古典籍が多く残存している地域でそのニーズが高まるという事情があります。相対的に東日本よりも西日本の方が書誌学的研究に適しているといってよいのではないでしょうか。一方で書誌学的研究とは、文学研究の基盤であり、最初の一歩になります。ですから、書誌学的研究のみで研究それ自体が完結されるべきものではありません。文学作品を読み、それを深く探求することと、書物の形態を調査することの間には実はそれなりの距離感があります。それでも、書誌学的研究が重要であるのは、古典文学作品がその内容以前に文化財的側面を持っているというところでしょう。その文化財的価値を高めるのも、またその作品の読者ということになるのですが、このあたりが歴史の中で生き延びた古典文学の特徴とも言えます。モノとして古典と文学としての古典、時にその両方の視点を使い分ける力が必要なのだと思います。

次に文献学的研究について考えます。書誌学が作品の外形をその考察の主とするのに対して、文献学はその作品の「本文」を中心とします。ここでいう「本文」というのは、狭義の意味であって、写本などに記載された文字記号のことを言うとひとまず考えてみてください。そのうち、「本文批評」(Textkritik)は校合(写本と写本を見比べること)や校訂(どの本文が最も適切かを選ぶこと)などの総体を言います。例えば、紫式部の直接書写した『源氏物語』は現在残っていません。古いものでも鎌倉時代のものになります。後代に残された『源氏物語』の写本は多々あって、そのそれぞれに本文が異なっているわけです。つまり、文献学的研究の主たる目的は、紫式部の書いたオリジナルの『源氏物語』を復元することにあるのです。そのために、池田亀鑑という研究者は『源氏物語』の写本をかき集めて、本文批評を行いました。(「批評」という言葉がわかりにくいと思いますが、これは作品の内容についての批評ではなく、あくまで文字記号について対象としています。)その研究の成果として『源氏物語大成』というのがあります。

文献学的研究とは、作品の中身に入る前に、信頼できる共通の本文を整定しておくという大切な役割を負っています。多くの人がきちんと読める本文を提供していくことも研究者の重要な仕事です。そうして刊行された書物によって、私たちは作品に直接触れることができるのですから。

ただし、近年の文献学においては、多様な本文を多様なまま読むべきだという考えも出てきています。『枕草子』で言えば、本文や構成の異なっている三巻本や能因本、堺本など、それぞれのあり方を尊重するべきだということです。本文の異同は異同として、今一度写本という資料に戻って、その本文の違いから新たなインスピレーションを得ることは大変魅力的と言えましょう。

書誌学的研究も文献学的研究も、古典文学研究の基礎研究として重要なことは間違いありません。特に司書や学芸員を目指す学生たちには必要な知識になります。その一方で、極めて奥の深い完成のない研究分野とも言えるのです。ほぼ無限に存在する写本や版本の海の中で、出会った資料の価値や位置を確かめ、また一文字一文字のこだわらねばならない極限的な執拗さを保つ。こんな地味で一見生産性の低い作業を繰り返していかなくてはならないのです。とにかく時間がかかる作業なのです。

鳥取県日南町にある池田亀鑑顕彰碑

さらに古典文学の研究方法を見ていきたいと思います。

古来日本では「訓詁注釈」という方法が文献の解釈を表す方法として用いられました。これは「訓点」つまり「読み」を主とするもので、漢籍の解釈について特に重視されました。漢籍に対する「訓詁注釈」が、続いて日本の古典文学作品に対して応用されたわけです。ただし、上代文学である『古事記』や『万葉集』はそもそも漢字のみの表記ですから、日本の文学でありながらも、「訓詁」が必要になります。これらの作品を、日本語としていかに正確に読むのかということに膨大な時間を費やすことになりました。平安時代以降は、和歌や物語などの文学作品が（日本漢文・漢詩は除く）仮名表記に移り、読み方について最優先に考える必要はなくなりました。しかしながら、古い時代の古典文学ほど、その内容理解は難しくなります。そのため、「注釈」については引き続き需要があったわけです。

こうした経緯の中で、全体として「訓詁注釈」とは「本文に沿って、意味・内容の理解を促す」文学研究の方法として確立していきます。『源氏物語』の古い注釈書なども基本的にはこのスタイルになっています。この「訓詁注釈」のスタイルは近代以降廃れていきますが、現代の研究にも通じるところは多々あります。「訓詁注釈」は解釈の学問とも言えますから、これまでに紹介した書誌学や文献学ともだいぶ違ってきます。現代でいう「解釈学」に近いわけです。

解釈学も幅広いところを射程に入れた研究方法ですが、まず重要なのは語彙の解釈です。これは一般に「語釈」と言われ、古典文学の本文にある単語の意味を明らかにすることです。さらに考察の対象の枠を広げ、作品の一節・一文・一文章を広く客観的に捉えることも必要な場合があります。これは「通釈」とか「大意」とか呼ばれるもので、一語彙・一文節に留まらない広い視野を持ちます。「口語訳」もその範疇にあると言ってよいでしょう。

和歌などの韻文作品においては、枕詞や掛詞のような修辞（レトリック）に関わる研究も必要になります。日本では特に歌論・歌学が発展しましたが、こうした「うたのしらべ」については長い研究の歴史があります。言葉の持つリズム感への理解は和歌の詠作にとって特に重要であったようです。そして、これらの韻律に関する研究は、そのまま詠作の現場へと持ち込まれたわけで、これは実践的な面の強い研究であったとも言えます。

物語文学などでは文体論が盛んな時期がありました。それぞれの文学作品の表現には個性や独自性が見られるわけですが、それが個性たり得る根拠を実証的に考察するものです。『枕草子』の文体と『源氏物語』の文体の大きく違うところは読めばわかるのですが、どのように異なるのか？という問いには容易に答えられないものです。

さて、古典文学の研究についても、流行というかグループというか、そういったやや恣意的なものとして受け止められる実態のあることは致し方のないことかも知れません。

一九三四年、国文学者の岡崎義恵は「日本文芸学」の樹立を宣言しました。なぜ「文学」ではなく「文芸」としたかというと、それが言語による芸術を意味するからです。ここに始まる運動体を一般的に「文芸学的研究」ということが多いです。こうした研究手法においては、文学の定義を言語文章による「芸術」と考え、特に文芸の本質を「美」に据えます。その「美」を支えるものとして「様式」があり、その様式を研究するのが文芸学的研究の目的になります。少し抽象的な言い方になってしまいましたが、簡潔に言えば、文学とは芸術であり、かつ文学がそれ自体で「美」として独立、自律していると考えるわけです。書誌学的研究や文献学的研究が盛んであった時期に、それらをあくまで研究構造の下部に置き、上部に文芸学的研究を配置することになったことで、文学研究全体の構造が明確に把握され、作品の中身に真に向き合うことが浸透したことは重要であったと思います。ただ、一方で「美」というものがあくまで直観による認定でしかあり得ず、そこに執着する限り最後は各々の研究者それ自体が相対化されてしまうという面も見過ごせません。また、文学の自律はもちろんそうであるにしても、他の人間的営為、社会的営為とのつながりはもっと考える必要があるようにも思います。そうでないと、生産や労働に関与しない一部の高等遊民的存在に対しての説得力しか持ちえないからです。

「歴史社会学的研究」とは、すべての文学現象はあくまで歴史的・社会的なものであるという考え方がベースになっている研究方法です。ですから、文学作品がどのような社会条件の下で生まれ出たかについての興味を強く抱くことになります。文学が、それが生まれた時代や社会において、どのような機能と役割を果たしたか、またどのような歴史社会的価値を持っているのか、このようなことを研究するということです。歴史社会学的研究において、作家論は重要であり、作家が存在していた時代の歴史的現実を追うこともあります。後のテクスト論とはやや立ち位置が異なるようにも思えます。歴史社会学的研究を推進していた研究者は、前述した文芸学的研究に対しては自ずと批判的になります。文芸学は歴史的階級意識を無視する、唯美論・抽象論・観念論に見えたはずです。

ここで挙げた二つの流れの対立は、戦時下や戦後の思想的潮流とも関わりが強いわけです。戦後、マルクス主義は多くの研究者に浸透していきましたから、歴史社会学的研究もこうした学界全体の状況と関係があります。逆に言えば、文芸学的研究の方が、保守的な文化意識の下で、マルクス主義的な潮流に対峙したとも言えるでしょう。ただし、現在の日本の古典文学研究の実際の場では、こうした思想的・イデオロギー的対立はあまり表面化されることはなくなりました。

古典文学研究の難しさが、こうしたところにも見受けられるのではないでしょうか。つまり、どの研究者も自身の生きている時代と環境に大きく縛られるわけです。研究者という存在でさえ、時代の潮流に流されざるを得ないわけです。特に解釈や批評のレベルに研究が進んでいくとこうした問題がしばしば浮上します。ともあれ、文芸学的研究も歴史社会学的研究もそれぞれが自らの信念と目的を持っていたことは間違いなく、そういった強い意識を現在の研究者たちがどこまで持っているのか、いろいろと反省させられるところもあるのです。

「民俗学的研究」は、民俗学という学問を援用した研究方法です。民俗学とは、常民が伝承している古来の民話や昔話、生活上の慣習などを研究対象とするものです。古代さながらの民俗風習は、山間地や農村、漁村、離島などに温存されていると民俗学は考えます。また、古代的な生活を伝えた古典文学、また口承的文芸の中にもそれを見出します。

民俗学の方法を、日本文学の研究に適用しようとした人物に折口信夫がいます。この人物の後代に与えた影響は大変大きいものがありました。折口は民俗学と日本文学の研究を並立的に行うことで、日本文学研究に新たな考え方を提供しました。光源氏などの王者性の根拠となる「色好み」論や、身分の高い人物が流離し、困難に立ち向かう「貴種流離譚」など、こうした概念を作り上げていったわけです。

けれども、ここで大事なのは、民俗学と日本の古典文学研究は、そもそもの目的が異なるということです。古典文学研究の中にいる間は、あくまで民俗学的な研究であり、どちらかと言えば、それは抽象的なものになります。後の「話型論（物語の型を考える研究）」とも通じるものではありますが、民俗学が実態的に具体的に研究を進めるのに対して、民俗学的研究は抽出された概念を用いて作品を解釈するということになります。もし古典研究のすべてを民俗学に依存したのであれば、古典文学の研究はもっと先細ったに違いありません。このことは歴史社会学的研究にも言えるのですが、他領域の学問の成果を摂取するにあたって、十分な認識と考察が必要になるわけです。それを怠って、単純に援用を繰り返すと、古典文学の研究自体が薄いものになってしまいます。学際的研究を軽視する向きがあってはいけませんが、日本文学の研究はその傾向として他領域の学問からの刺激に敏感すぎることがあるようです。

最後に「文学史的研究」について述べたいと思います。まず「文学史」という考え方はわかりやすく受け入れやすいものであると思います。時間というものを軸にして、作品の成立順にそれを並べ、その発展を観察するといったものです。一方である作家が死ぬまでに、この世にあるすべての文学作品を読むということはないわけですから、影響関係も単純ではないはずです。それでも、高等学校や大学で文学史を教えるのは、総体として日本文学のそれぞれの位置をひとまず提示するという必要があるからです。ですから、文学史的研究とは文学作品そのものの研究というよりも、むしろ教育的なもののようです。作品すべてを網羅する「全史的文学史」には特にその傾向が強いと思います。

一方、「ジャンル別文学史」はやや異なった様相があります。和歌史・俳諧史・芸能史・物語史などとすれば、また違った見方が可能です。同一ジャンルであれば、時代ごとの影響関係はより明確になると考えられるからです。

研究方法とは個人個人が自らの自由な意志によって決めなくてなりません。そのためには、論文や研究書を読み漁るのも一つの方法ですが、研究会や学会に直接出向くとよいと思います。新たな研究方法が開花する、その瞬間を見ることができるかも知れません。

コラム❷ 致富長者譚を超えて　竹取物語再読

お金持ちになるという昔話はかなり多い。わらしべを元として、手に入れたものを交換し続け、富を得る話。動物の出てくる場合が多いが、宣告の通り行動することで富を得る話。一般に『わらしべ長者』や『花咲かじいさん』と呼ばれるお話だが、話型研究の立場からは「致富長者譚」という種類に分類される。これらの話の共通するところに、どのように富を得たかについてはあれやこれやと叙述があるのだが、お金持ちになった後、どのような生活をしたのかという叙述があまり見られないということがある。漠然と「いつまでもいつまでも幸せに暮らしましたとさ」といった感じでその話はだいたい終わる。その理由は、おそらく「致富長者譚」の本質が、金持ちになってセレブな生活を目指すということではなく、多くの庶民たちの大きな課題である「貧困からの脱出」にあるからであろう。彼ら昔話の受容者にとって、現実の裕福な生活など実感そのものがないし、夢見る具体的な姿も曖昧模糊であったに違いない。むしろ、現在の苦しい生活からの脱却こそが、彼らの当面の切実な課題であったことは十分想像できる。

そういう点に着目すると、同じような致富長者譚が組み込まれているはずの『竹取物語』は、翁が富を得た、その後の話の方が圧倒的に長い。致富長者譚であるにもかかわらず、金持ち生活が延々と語られているという独自性が『竹取物語』にはあるのである。

竹を採集して生計を立てていた翁であるが、ある時、その竹から黄金が見つかる。そのことで翁は「猛の者」になっていくのだが、このプロセスにはいくらかの疑問点が残る。作品の書かれた平安時代にどこまで貨幣経済が広がっていたかはよくわからないが、こうした貴金属を「資本」に置き換え、さらに「労働力」に変換して巨大な邸宅を構えるということがこんな簡単にできるのであろうか？　そもそも、竹の採集に従事していた人物が、特別な知識なしに「金融」の世界に飛び込むことは本当に可能なのだろうか？

実は翁は文字を読めたかも判然としない。というのは、この話の最後の方で出てくるかぐや姫からの手紙を、「読みて聞かせ」られているのである。自身は文字を知らなかった可能性が高い。そういう人物が、中国からの輸入品であった「金」、ようやく日本では東北地方で見つかった「金」という高度に金融的な資産を、円滑に適切に運用できたかについてはやはり疑問が残るのである。現在でも、宝くじでとんでもない大金を得た人物が、あっけなくその財産をすべて失ったり、失踪を繰り返した後、不幸な顛末に陥ったりすることはよく聞く話である。文字の読解自体はともかくとしても、相当にしっかりした人、したたかなまでに深慮遠謀を考えている人でもなければ、素人がこうした金融業に手を出すことは難しいと言わざるを得ない。普通に考えれば、黄金を手に入れた翁は、誰かずる賢いが金融知識のある人物に適当にだまされてしまいました、という程度のことで終わったかに思うのである。

私の勘ぐりを無視するがごとく、『竹取物語』では翁のセレブ生活が描かれ続けるが、はたしてこの生活、それほど愉快なものではなかったらしい。養女であるはずのかぐや姫は、大嘘つきで欺瞞に満ちた貴公子たちに結婚を迫られ、やがては本人が実は月人であることがわかり、その帰還を阻止するために、天皇の権力で集められた武士たちがそれに挑む。が、月軍の圧倒的な威力に全く手も足も出ない。屈辱的な敗北のまま、翁は「血の涙」を流し、絶望の淵に墜ちる。

『竹取物語』にいわゆる主題なるものがあるのか私にはわからないが、致富長者譚の行き着く先が、人間の醜さと愚かさ、それに加え権力や富のなし得る限界、さらに老いの後の孤独と絶望であるとするならば、感じのよいところで話を終わらせ、その後を曖昧にしたままの多くの昔話の方がよりスマートな作品であったとも言える。『竹取物語』は致富長者譚の挫折を描いたということにもなるが、一方で致富長者譚を超越したあり様こそがこの物語の真の魅力なのかも知れない。本来金持ちになるべき人物ではない翁が、それを達成するところでの一種の破壊力のようなものが、一見強靭に見える富や権力の限界をも結果的に暴き出したのである。

眼前にある富や権力に惑わされず、この世界に生きる人間たちをどのように見るか？　この難しい課題を解決できるのは、この翁のような、身分や階級を乗り越えた人物しかいないのかも知れない。どこまでも翁は誠実であり続けたし、娘であるかぐや姫をずっと愛し続けたのだから。

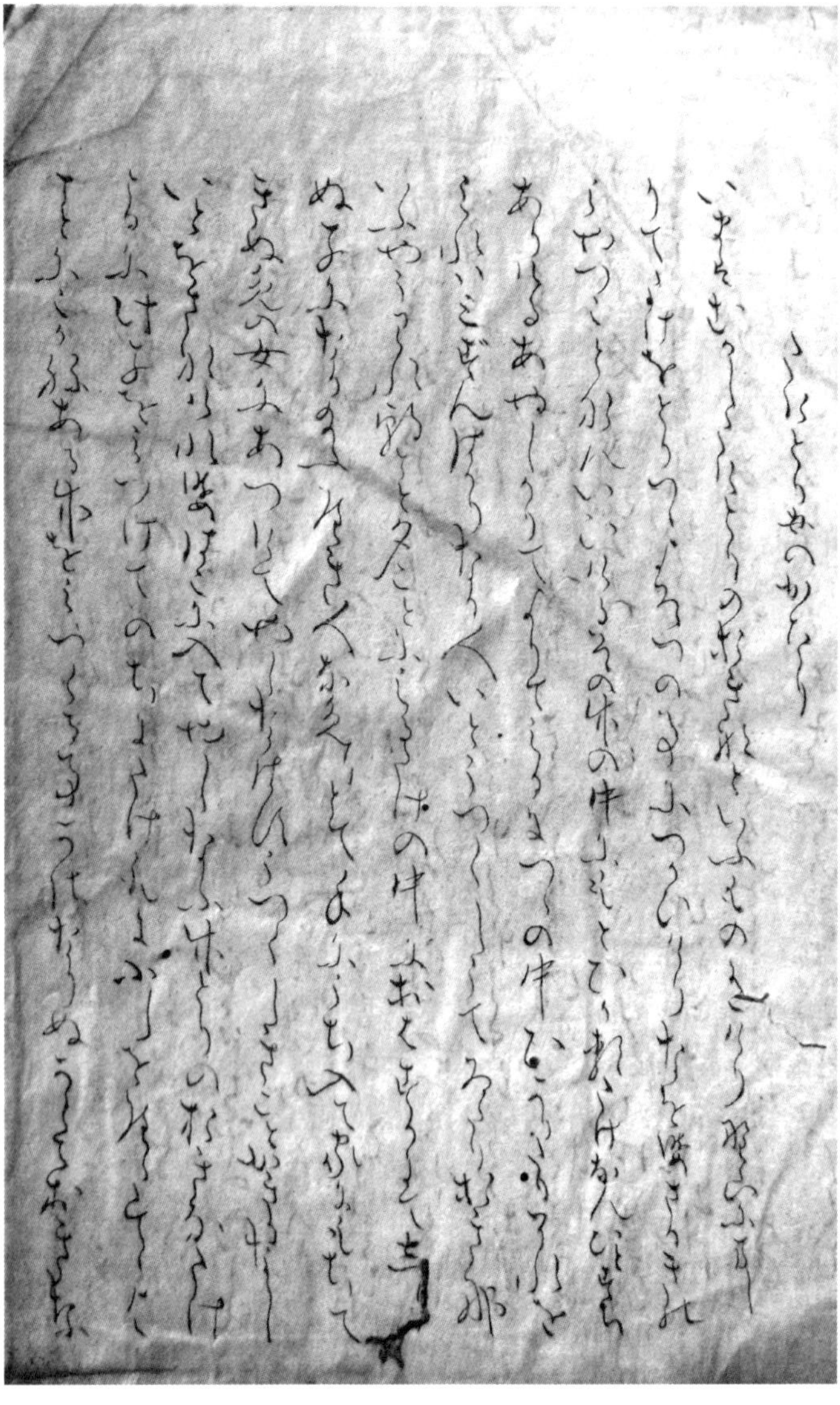

文政六年（1823）写　竹取物語

第14回　日本文学の課題

1 現代社会と古典文学、戦争と文学、環境と文学

第14回からは日本文学研究の現代における主な課題について考えます。このことは、この学問領域の存在意義を考える上でも不可欠な事柄であると言えると思います。あわせて、この日本文学研究、特に古典文学研究が全体として停滞・衰退しているのではないかという危機感を私が抱いていることについても述べておきたいと思います。

さて、現代社会において古典文学とは何なのでしょうか。中学校や高等学校の国語の授業で学ぶもの、といった理解がまずあると思います。また、これから国語の教員になろうとしている人にとっては、当然自身が教えるわけですから、身につけておかなくてはならない一つの知識・技術として必要だということになります。けれども、古典文学に触れるであろう多くの方にとっては、必ずしもこうした知識・技術はその職業スキルとして必須なものとは言えないわけです。

社会学者のマックス・ウェーバーの言ったことですが、人間の行動には、目的合理的行為というのと価値合理的行為というのがあるそうです。前者は、目的のために行う行動で、ご飯を食べて、家族を養うために、お金を稼ぐなどのことを言います。一方、後者は行動そのものを楽しみ、価値を見出すというもので、ゲームで遊ぶとかマンガを読むとか、というのは多くの場合、こちらに入ります。

さて、現代社会というのは大変複雑な構造を持ち、政治も経済も日々の生活も絶妙なバランスの上に成り立っています。ちょっとでもどこかが壊れると、社会全体にその歪みが大きくのしかかります。ですから、目の前の切羽詰まった現実においては、ここでいう目的合理的行為が優先されがちになります。サラリーマンたちが必死になって働

くのは、当たり前ですが、そこに生きるか死ぬかという大きな課題があるからです。ところが、どんなに現代社会がそういうぎすぎすとした緊張感を高めていっても、後者の価値合理的行為はなくなりません。宗教的な儀礼などは、具体的な目的があるというよりも、その儀礼を行うこと自体に価値が生じるのですが、こうした人々の営みはなくなることはありません。もちろん、娯楽産業・文化産業・観光業など、価値合理的行為を対象に商売をするという目的合理的行為というのも現象としてはあります。

古典文学に触れるということは、職業的な目的以外の場合が多く、それは価値合理的行為と考えてよいと思います。文学で生活の糧を得ることを諦めろということではなく、他の職業と比べて、現代社会の中でそれほど多くの職業人を必要としていない分野なのだということは理解して欲しいと思います。それは、芸術家なども一緒なのです。

古典文学が価値合理的行為の対象であるのならば、「こんなことをやって仕事に役に立つのか?」という質問は全くの愚問です。それは、お葬式をしている遺族の方に、それを実施する時間とお金は無駄であるから、すぐに中止せよ、と言っているのと同じです。お墓も戒名もお坊さんも目的合理的行為しか考えないのであれば、全く必要ないわけです。恋愛だって、子育てだって、介護だってナンセンスなものになってしまいます。

つまり、古典文学を読むこと、研究することは、その行為自体に意味や価値があるのであって、金銭的な目的がそこにあるわけではないのです。

古典文学の価値は、すでに述べたようにそれが多くの読者を得て、それが研究の対象となり、多くの人々に生きる知恵を与え、社会的なコミュニケーションを促すなどなどの数え切れない事例によって、実は証明されています。ですから、その価値や意味については、ここでは繰り返しません。けれども、古典文学の価値が時に歪められることはあります。というのは、こうした価値や意味は、それぞれの時代に生きる人によって狡猾かつ意図的に変容させられるからなのです。例えば、戦争ではどうでしょうか。

現代の世界は戦争やテロの危険に常に悩まされています。これは客観的な事実であって、人類はその危機からなかなか抜け出せません。

古典文学作品は多くの戦争を描いてきました。古い時代で言うと『古事記』でのスサノオノミコトによるヤマタノオロチ退治や、ヤマトタケルノミコトの活躍なども一種の戦《いくさ》として思い浮かびます。また、平安時代になると『将門記』といった特定の人物を中心としたものも書かれます。こうした中でやがて『平家物語』や『太平記』のような「軍記物語」が作られるのです。

こうした軍記物語ですが、これらの大きな特徴は、必ずしも戦闘シーンだけを描いていないことです。むしろ、多くの場面は、戦に翻弄された人物たちが描かれています。また、戦の悲劇性もしっかりと記した点は貴重だと思います。戦闘シーンがそのすべてではないのに、これが「軍記」とされるのは、実際上の「戦争」においても、「戦闘行為」と直接関係のない営為も「戦闘」と同じか、それ以上に重要な事柄であったからなのでしょう。つまり、「戦争」とは社会全般、経済全般、生産部門全般、共同体の運命、個人の生死といったあまりに広い分野への影響が避けられないものであり、それは空間的に大きく広がり、時間的に後を引くということなのだというわけです。

文学研究の対象として口承文芸（文字ではなく口から口へと伝わる文学）というのがあります。「昔話」などがそれに該当します。普通の口承文芸は、多くの場合、長くても百年程でほぼ失われるようです。しかし、戦の記憶はこれらの平均寿命よりも倍以上の命脈を保つと言われています。それだけ、戦の悲劇は一般庶民にとって忘れられないというわけです。今なお第二次世界大戦に関わる小説や映画やテレビドラマが多く作られるのもそれがためです。

さて、その第二次世界大戦下、多くの日本文学研究者が戦争に協力しました。戦時中の彼らの著作を追っていくと、そのことは容易に理解できます。そして、そのことは文学作品の解釈にも及んでいき、現在では信じられないような解釈を時の権力者のために平然としていきます。関連組織も多く作られました。「文学報国会」といった協力団体などはわかりやすい事例ですが、特に日本の場合、戦争に協力した大学教員が特に批判されることなく、戦後もそのまま教壇に立ち続けたところはその後の学界に複雑な状況を招くことになりました。

池田亀鑑という人物については、既に文献学者として紹介したところですが、戦時下の池田の著作に戦争について賛美するかのような内容が散見されます。特に天皇制賛美とそのことが並立している点に興味を抱くところですが、池田の御子息に聞いたところ「父は全く自由主義者であった」というのです。話が全く違っているのです。実はこのようなところが重要に思うのです。おそらく、池田自身が積極的な意味での軍国主義者ではなかったことはおおよそ言えるのではないかと、判断できます。つまり、池田の戦時下の文章は「奴隷の言葉」であって、当局をあざむくためのものであったとも考えられるわけです。近年、「忖度」という言葉がはやりましたが、日本文学の研究も、鍛え上げられた論理や誠実なコミュニケーションを超えたところを過剰に意識してきたのではなかったのでしょうか。けれども、目の前の「忖度」のために、多くの人々の命が失われたとすると、それは民族性による悲劇と言わなくてなりません。

戦争は命、文化、環境など多くのものを失わせます。このことは一人の研究者ないしは一人格として執拗に言い続けたいと思います。一方で、直接に戦争に関わらない事例でも、環境の破壊という現実にも私たちは目を向けなくてはなりません。環境と文学の関係については、近年ではエコ・クリティシズムという観点から説明されているところです。

日本の古典文学には圧倒的な量の自然描写があります。それはこの列島の多様な自然環境によるところが大きいと言えましょう。特に和歌や俳句などでは、そのことが顕著です。もっとも、実際の詠作ではマニュアル化したところが多く、正岡子規のような写実重視というわけでもなかったのですが。

散文においても、『源氏物語』や『枕草子』にも多くの自然描写があります。散文の自然描写と和歌のそれは必ずしも同様の価値観を持ったわけではないようですが、こうした描写をここではネイチャー・ライティングと言っておきたいと思います。

古典文学のネイチャー・ライティングは、私たちが抱える現代の環境問題について多くの示唆を与えます。自然を守るとか、環境を守るとか言った時に、それがいったいどんなものなのか、具体的に記されている点は重要です。例えば、『古今和歌集』の四季に対する考え方や枠組みを知るからこそ、それを守っていくという意識が生まれるわけです。逆に言えば、ネイチャー・ライティングの発想から、古典文学作品の新たな「読み」を提示することも可能なわけです。私たちが取り戻すべき理想の環境の多くは、古典文学のテクストの中に無尽蔵に残されている、そのことをもっと知って欲しいと思うのです。そして、こうした具体的な表現を通じて、自然環境を愛する意識を高め、同時に自然に対する感性を磨いていくべきなのです。

環境問題の中には、異常に長い時間で考えなくてはならない内容のものもあります。核、放射能、原子力爆弾、原子力発電などの問題です。原発の事故などでばらまかれた放射線などは千年や一万年以上経たないと、安全なレベルにならないものがあります。私たち個々の人生は限られていますから、例えば私小説的に、あるいは随筆文学的に日記文学的にこの時間の長さを説明することはできません。東京ドーム百個分というのを蟻に説明できないのと同様です。今後、私たちがどのように核と向き合うかはわかりませんが、安全な環境を取り戻すための異常に長い時間を説明できるテクストは決して多くはないはずです。古典文学で言えば、それは神話ということになるはずです。おそらく、神話的な時間感覚、ないしは神話的発想を私たちが持ち続けないことには、この人類的課題は解決できないと思われます。

関連して、地震や火山についても神話的ないしは物語的着想が求められます。それは、百年周期でやってくる自然災害への対応として有効なのではないでしょうか。もちろん、神話的方法に限らずとも、こうした自然災害の悲劇について世代を超えて語り継ぐ必要があるでしょうし、古典文学作品から災害に関わる記事を探し出すのも一つの方法です。

私たちの環境を守るためには、実に様々な場での工夫が必要です。それにはやはり古典文学からの叡智を活用するべきなのだと考えます。

日本の古典文学と言えば、従来は主に京都を中心とした近畿圏のイメージが強かったように思います。あるいは、奈良時代であれば大和地方、また江戸時代であれば現在の東京というように、地域的なフレームはむしろ限られていた、閉じられていたかに思われます。けれども、そうした見方で本当によいのでしょうか。

さて、話の前提として「地域」と「地元」を分けておいた方がよいと思います。これは単に定義の問題ですが、「地域」を抽象的な概念として、また「地元」を具体的な概念として考えてみます。ですから、後者の「地元」は各々が実際に居住している具体的な地名を指すことになります。東京でも大阪でも広島でも構いません。前者については、こうした議論をする時の抽象的・普遍的用語として考えてみてください。ですから、単に「地域」とした場合は、実在するエリアを指すのではないわけです。この区分けは案外重要で、かつての郷土史がたどった「お国自慢」的偏向を避けることにもなります。日本の「地元」は必ず他の「地元」と関連を持って文化的運動を達成していました。ですから、最低限、日本列島全体への視野が求められます。Think global！ Act local！（地球規模で考え、地域で活動せよ。）的を射た考え方だと思います。

奈良中心主義、京都中心主義、江戸中心主義、これらは日本の古典文学をある意味単純明快に理解する一つの装置として用いられてきたように思います。しかしながら、平安時代の作品においても、『土佐日記』や『更級日記』などに代表されるように、上記の三つのエリアに限らない大きな広がりのあったことは自明です。これらの中心主義の根拠となったのは、それぞれが時代ごとに、あくまでネットワークの重要な結節点（ハブ）であったことによるのです。元来、古典文学は「地域」的なものであったはずです。それぞれの「地域」は確実に古典文学作品に描かれていたのです。

では「地域」から文学を考えていきます。まずは、讃岐とか信濃とか山城とかいった旧国名を覚えることも必要です。そして、古典文学全集をぱらぱらと読んでみてください。一気に京都中心主義などは薄れていくのではないでしょうか。次にアクト（行動）の面について考えます。私たち人間は実存していますので、どこかに住むか移動するかしかできません。ある時間、私たちはどこかにいなくてはならないし、そしてそれは世代を超えて長期化する場合も多いのです。こうした場合、「私」や「私たち」とは何なのか、これをアイデンティティーと呼びますが、こうした自己への見直しが必ず生じるのです。「地域」の人たちは必ずアイデンティティーを求めます。学校や図書館、博物館や美術館はそうした要求に応える重要な機関となります。時にこうした施設の有無が、大きな文化的格差さえ生むわけです。

アイデンティティーと地域の文化資本とは大きな関わりがあるのですが、そこに多くの場合、文学性や物語性が加味されます。文字のない考古学上の資料でさえ、それを見る人は様々なストーリーを想起するのです。ましてや、ストーリーやモチーフのある古典文学は、現代人の想像ではなく、直接に古典文学の時代の人々と向き合うことができます。ですから、古典文学の研究者は、本来地域にとって重要な存在であるはずです。それは、文学的な価値を、具体的な確証をもって、それぞれの地域に付与させることができるからです。変体仮名や漢字のくずし字など、今では読める人も少なくなっています。和歌や物語の写本や版本についての書誌学的な基礎を習得すれば、それは「特別な能力」として力を発揮します。

こうした地域主義とあいまって重要なのが、日本文学の国際化です。まず確認しなくてはならないことですが、日本列島について語る時「日本は極東の小さな島国である」と安易に言ってしまうことがあります。日本が世界の中の一つのパーツであることは確かなのですが、人口や国土、経済力、文化的な洗練さなどを冷静に見た時、そうした見方は必ずしも正確ではありません。私は何も日本がナンバーワンだと言っているわけではなく、客観的に日本列島とその文化的ポテンシャル（潜在力）は、二百ほどはある世界の国と地域と比して、やはり大きい方だと考えるべきなのです。

こうしたことを考えた時に、古典文学を含めた日本文学はわりにメジャーなものでもあるわけです。外国人の日本文学研究者が近年増加していますが、それは古典文学作品においても同様な傾向が認められます。と同時に、こうした外国人研究者が多くの刺激を与える中で比較文学的研究も盛んになりつつあります。特に東アジア諸国とは「漢字文化・漢文文化」を共通の基盤として、より親密性のある古典文学の比較研究が進んでいます。

万国共通語を目指して人工的な作られた言語であるエスペラントはその精力的な普及活動にもかかわらず、世界の人々はほとんど用いることはありません。なぜこういった便利かつ機能的な言語は普及しなかったのでしょうか。おそらくそこには人工言語の限界、つまり古典文学を持っていなかったことと関係が深いのでしょう。むしろ英語の普及の広がりを考えると、シェークスピアしかりですが、この言語が多くの古典作品を持っているという特徴があります。つまり、言語とは機能性や合理性のみでは成り立ちにくく、そこに文化的・言語的蓄積が必要なのです。同様に日本語も多くの古典文学を持っています。このことは、古典文学が忘れ去られる時、それは同時に日本語が消滅する時と同義であることを意味しているのでしょう。

さて、日本の古典文学は日本語で発信されるべきなのでしょうか。それとも、英語などの外国語でも十分なのでしょうか。これは大変難しい問題です。古語のまま、または写本のままを重視する原典主義という考え方もありますし、翻訳に様々な可能性を期待するという考え方もあります。グローバル化の時代と言われてだいぶ経ちますが、このあたりのことは若い人にじっくりと考えていって欲しいと思います。

最後に女性と文学について考えてみたいと思います。というのは、日本文学特に古典文学を大学などで学ぶ学生の多くは女性であるからです。

日本の古典文学の作者にはどうしてこれほどまでに多くの女性がいたのでしょうか。これは世界的にも稀な現象で、中国やヨーロッパでも起き得なかったことです。その理由を探ること、これは私たちの課題でもあるのですが、ここでもやはりジェンダー（文化的性差）という概念を用いなくてはなりません。つまり、このことは身体的な問題、先天的な原因ではなく、「性」に与えられた「文化」の問題であるのだと。

多くの女性作家を輩出したことが、実際に生きる女性たちにとって幸福感へとつながったかというと、必ずしもそうは言えないことは、歴史が証明していると思います。それぞれの歴史的な舞台において、むしろ男性の方が優位にあったことは否定できるものではありません。こうした事実は研究の場においてさえ、近年まであった状況であり、ようやく「女流文学」という言葉が消え「女性文学」となったところです。「女流」に対して「男流」という言い方はありませんから、「女流」が非・双方的なニュアンス、マイナー性を持っていたことがよくわかります。

女性と古典文学とを関わらすことを趣旨とした多くの著作については、やはり女性研究者の強い意志と熱意を感じることができます。また、一方で彼女たちの著作はむしろ男性にこそ読まれるべきなのだとも思います。

コラム❸ 宇治を旅する　地域の中の古典文学

宇治を歩いた。『源氏物語』宇治十帖の主な舞台であるこの地をめぐるのは、久しぶりであったが、学生たちとともに楽しく過ごすことができた。

昔に比べると、かなりの変化があったようで、あの平等院に立派な展示施設ができたことに少し驚いた。さて、ＪＲ宇治駅を降りて、雨の宇治川を渡ると、宇治神社・宇治上神社を抜けて源氏物語ミュージアムに辿り着く。そこは、なかなかの「見せる展示」で、映像や音声などが効果的に使われているものだった。ここ宇治は『源氏物語』とともに生きる、そういう決意をしたのだろう。街の中には様々な『源氏物語』に関わる意匠が並んでいる。

時折、大学で古典文学を教えるということは、どういうことなのか？ といったことを考えることがある。全国的な学界（学会）での議論やその到達点を学生たちに示すということは、やはり重要なことに違いない。そうでなければ、大学教育とは言えないであろうから。けれども、そういうことを前提にした上でも、それぞれの地域で古典文学のあり方はもっと相対的であってよいのではないか、ということを考える。地域には地域の古典文学がある。それが、たとえ都で書かれた作品であったとしても、その受け止め方は地域によって違っていて当然だ。

全国基準の学問の体系とは別に、地域ごとに浮かび上がる古典文学の様相はやはり異なるべきであろう。北海道や沖縄などでは顕著な事例が多いが、京都府内の宇治でさえも、その域内での独自性を意識している。問題は地域研究と古典文学の結び付け方である。

多くの場合、私たちは勤務地と居住地の二つを持ち、それらはともに重要な暮らしの場である。そうであるならば、学界（学会）への敬意を抱きながらも、それぞれが可能な範囲で身近な地域の文化的様相に対して関心を抱くのは自然なことである。そして、なにより地域の方々に、その地に関わる古典文学を知って欲しいと思う。そういう観点からすれば、宇治地域の取組みは一つの成功例として受入れられるものに違いない。

もちろん、この街で『源氏物語』が観光の大きな素材として、ビジネスの役割を担っているということはあるだろう。けれども、実利的なビジネスの枠を越えて、自分たちが住み、そして暮らす地域への深い理解を促すことは、その地に文化資本という新たな力として蓄えられるということである。そして、文化資本の蓄積は、その地域の社会関係資本（人間や社会のネットワークとしての基盤）の形成を強く押し進めるはずである。

雨の宇治を歩きながら、そんなことを考えてみた。

おわりに

この世界全体をとりまく雰囲気がともすれば寛容さを失っているかに思われます。私とは異なるあなた、また、あなたとは違う私、このことは実はとても普通のことであったのです。けれども、極度の管理意識と不寛容の下で、私たちはすっかり大切なものを失ってしまいました。この世界に生きる人々が、過度の競争と分断の中で、自然なる人間存在のあり方を忘れてしまっているのです。人々が幸福にならないイノベーションなど、私たちにとって何の意味があるのでしょうか。

古典文学は今なお私たちに多くの示唆とインスピレーションを与えてくれます。一見古ぼけたそんな言葉の綾の中に、今を生きる私たちへのメッセージがあります。過去に生きたその魂のその悩みのうちに、きっと現代の私たちに通じる考えや心映えがあるに違いありません。

本冊子は、文学の歴史を語ることではなく、文学の中身や考え方を中心に構成したものです。ですから、少しややこしい説明の仕方をしているはずです。もしかするとわかりにくいところもあったかも知れませんが、それにめげずに文学の本質にぜひ触れていって欲しいと思っています。なお、コラム三点は勤務先のホームページ用に執筆したものを転載しています。

古典文学世界をめぐる旅と逡巡は、ひとまずここで終えたいと思います。次は皆さんの生きざまと発する言葉の中で、それを始めていってください。

昔と今、やがて未来へ。

二〇一八年二月二十八日　　原　豊　二

《著者紹介》

原　豊二（はら・とよじ）

1972年2月　東京都武蔵野市生まれ
専修大学大学院博士後期課程単位取得満期退学。博士（文学）。
中古文学専攻。
米子工業高等専門学校准教授を経て、現在、ノートルダム清心女子大学准教授。

主な著書
『源氏物語と王朝文化誌史』（勉誠出版、2006年）
『源氏物語文化論』（新典社、2014年）

日本文学概論ノート 古典編

2018年10月20日 初版第1刷発行
著　　者：原　豊二
発 行 者：前田智彦
装　　幀：武蔵野書院装幀室

制作発行：武蔵野書院
〒101-0054
東京都千代田区神田錦町3-11 電話 03-3291-4859　FAX 03-3291-4839

ISBN 978-4-8386-0653-5 Printed in Japan